吸血令嬢は魔刀《おれ》を手に取る 2

底
タロウ

1　行き倒れのナイトログ

「逸夜《いつや》くん。血を吸ってください」

校舎裏に風が吹く。

俺の眼前には、純白の髪をなびかせる少女が立っていた。

夜凪《よなぎ》ノア。縁があって行動をともにするようになった同級生である。

夕日のせいなのか何なのか、その頬は仄《ほの》かに赤らんでいた。

制服の襟をつかんで首筋を露出させると、ぐいっと俺に近づいてくる。

「美味《おい》しいかどうか分かりませんが、お願いします」

「待て。そんなことする必要ないだろ」

「ありますっ。私ばかり血をもらっていては不公平ですから……」

そういう問題なのだろうか。

ノアはナイトログに特有の紅色の瞳を潤ませ、じっと俺を見上げている。

「い、いらないって。俺は血なんて飲めない」

「でも私の血を舐《な》めたんですよね？　六花《ろっか》戦争《せんそう》の最後に」

「それはそうだけど……」

思い起こされるのは、ちょっと前までこの街で開催されていた野蛮なイベント——六花戦争《ろっかせんそう》のことだった。

夜ノ郷《ナイトピア》からやってきた六人のナイトログが血で血を洗う抗争を繰り広げるのだ。俺とノアは協力してこの戦争を勝ち進み、なんとか優勝することができたのだが……——

その最終局面、窮地に陥った俺は、ノアの血を吸うことで夜煌錬成《やこうれんせい》を発動した。

夜煌錬成《やこうれんせい》とは、ナイトログにのみ許された秘儀のことだ。

接続礼式《せつぞくれいしき》を行うことで、人間を夜煌刀《やこうとう》と呼ばれる刀に変換する。

俺は土壇場《どたんば》でノアを夜煌刀《やこうとう》に作り替えて敵を打ち滅ぼしたのである。

だが——よく考えてみれば、それは妙な話だ。

そもそも俺は人間のはずである。人間が何故《なぜ》ナイトログの秘儀を発動できるのだろうか。そして何故《なぜ》、ナイトログであるはずのノアが夜煌刀《やこうとう》になれるのだろうか。

あれ以来、俺はずっと己の正体について考えている。

それを確かめるために、今、ノアは「血を吸え」と言っているのだ。

「私の血はいやですか？」

「お前のかどうかは関係ない。そもそも人間は血なんて飲まないんだ。吸血鬼じゃあるまいし……」

「でも。私の右手にはきちんと夜煌紋《やこうもん》が刻まれています。これは逸夜《いつや》くんのモノになってしまった証《あかし》ですよ」

ノアが右手を差し出してきた。

夜煌刀《やこうとう》であることを示す不思議な紋様が浮かび上がっている。

ノアのそれは、花で言うところの萼《がく》——ステージ0の印だ。

「私は逸夜《いつや》くんに接続礼式《せつぞくれいしき》をしてもらいたいです。夜煌刀《やこうとう》にとっての幸せとは、パートナーであるナイトログに使われることだとよく言われますから。私は逸夜《いつや》くんにもう一度、使われてみたいです」

「変な言い方をするな。……だいたい、血を吸うってことはノアが痛い思いをするってことだろ？　そういうことはしたくない」

「逸夜《いつや》くんは優しいですね。でも大丈夫です」

ノアは、普段教室では絶対に見せない笑みを浮かべて言った。

「逸夜《いつや》くんに与えられる痛みなら、喜んで味わいます」

「…………」

俺の中には、夜凪《よなぎ》ノアに対する並々ならぬ感情が植えつけられている。

——湖昼《こひる》を守りなさい。自分より妹を第一に。妹は何よりも尊い至宝。いつも心に妹を。

それは俺の母親、古刀昼奈《ことうひるな》がもたらした呪いに相違ない。

つまるところ、古刀逸夜《ことういつや》という人間は、ノアにお願いされたら何でも叶《かな》えてあげたくなってしまう重度のシスコンなのである。

「……分かったよ」

ノアがぱっと花が咲いたように笑う。

「ありがとうございますっ。ではさっそくお願いします……」

「あ、ああ」

ノアは餌を待つ雛鳥《ひなどり》のようにジッとしている。

その恥ずかしそうな表情を見ているうちに、俺は困惑の極致に突き落とされた。

(どうすればいいんだ……？)

血を吸った経験なんてほぼないのだ。

ノアは「ここから吸ってください」と言わんばかりに首筋を見せつけているが、あそこに食らいつけとでも言うのだろうか？

(仕方ない……)

六花戦争《ろっかせんそう》で夜煌錬成《やこうれんせい》を発動した時は、本能の赴くままにノアの血を貪《むさぼ》った。

今回もなるようになるだろう。

俺はそっとノアの背中に腕を回すと、その小さな身体《からだ》を抱き寄せる。

ビクリと肩が震えた。ノアの熱が伝わる。

我知らず鼓動の音が加速するのが分かる。

俺はゆっくりと首筋に顔を近づけ、ノアがそうするように歯を皮膚に突き立てて……——

「へ？　な、なな何やってんの……⁉」

「！」

俺は弾《はじ》かれたようにノアから離れた。

驚愕《きょうがく》して振り返ってみれば、校舎裏の水道のところに誰かが立っている。

露出したでこっぱちがトレードマークの同級生、如月光莉《きさらぎひかり》だ。

「如月《きさらぎ》⁉　どうしてここに……⁉」

「ぶ、部活の帰りだけど……ノアちゃんだよね？　え？　古刀《ことう》とノアちゃんって、やっぱり付き合ってるんだっけ？」

「そういうのじゃない！　ほら、お前も何か言ってやってくれ」

しかしノアは『かちーん』と氷のように固まっていた。

その表情は無。

ああそうだ。思い出した。こいつは俺以外の人間の前だと借りてきた猫のように大人しくなるんだった。

「ま、まあ、お邪魔しちゃ悪いよね！　私は帰るから、どうぞごゆっくりいかがわしいことをしてくださいなっ！」

「おい如月《きさらぎ》！　だから違うんだって――」

しかし如月《きさらぎ》は猛ダッシュで姿を消した。その顔が真っ赤に染まっていたのが印象的である。追いかけて弁解しようと思ったが、如月《きさらぎ》の脚が速すぎて追いつけそうになかった。

俺はその場で溜息《ためいき》を吐《つ》いて肩を落とす。

「……完全に勘違いされたな」

「逸夜《いつや》くん。恥ずかしいです」

「だったらお前も何か言ってくれよ」

どっと疲れが押し寄せてきた。

如月《きさらぎ》は見るからに口が軽そうだから、明日には俺とノアの噂《うわさ》が広まっているかもしれない。気が重くなるのを感じていると、ノアがそわそわした様子で、

「つ、続きをしますか……？」

まだやるつもりなのかよ。

俺は手を振って踵《きびす》を返《かえ》した。

「また後にしよう。外だと誰かに見られるかもしれない。いやもう見られたけど」

「は、はい。そうですね……」

ノアが物足りなそうに眉根を寄せた。

後ろ髪引かれる思いだったが、俺はそれを無視して学校を去る。

□

ナイトログ。

それは世界の裏側──夜ノ郷《ナイトピア》に巣食うバケモノの名称。

連中を突き動かすのは底知れない闘争本能である。

夜煌錬成《やこうれんせい》で人間を夜煌刀《やこうとう》に変換し、血で血を洗うような戦争を好き好んで行うのだ。

現に一カ月ほど前、俺は六花戦争《ろっかせんそう》というナイトログ同士の抗争に巻き込まれてひどい目に遭った。

「夜凪楼《よなぎろう》は天手古舞《てんてこまい》みたいです。お父様──じゃなくて夜凪《よなぎ》ハクトの捜索で忙しいのだとか」

夕焼けに染まる帰路を辿《たど》りながら、ノアがぽつりと呟《つぶや》いた。

「私に構っている暇はないみたいなので、しばらくはゆっくりできそうですね」

「でもずっと騒動が続くわけじゃないだろう？　夜凪《よなぎ》ハクトの捜索が打ち切りになれば、俺たちに接触してくるはずだ」

「はい。カルネによれば、気の早い家臣の中には『夜凪《よなぎ》ノアを次期当主に据えればいい』って主張している者もいるみたいです」

なんて現金な話なのだろうか。

ノアは今までずっと夜凪楼《よなぎろう》で虐《しいた》げられてきたというのに。

「何か言ってきても無視すればいいよ。それでも食い下がってくるなら、俺がノアの刀となって戦う」

「はい……ありがとうございます、逸夜《いつや》くん」

俺に与えられた使命は夜凪《よなぎ》ノアを守ることだった。

ノアに危害を加える輩《やから》がいれば、一刀のもとに切り伏せてやらねばならない。

「でも逸夜《いつや》くん、私を握って戦ってはくれないのですか？」

「へ？」

「もちろん逸夜《いつや》くんは私のモノです。私に握られる義務があります。でも私も逸夜《いつや》くんの夜煌《やこう》刀《とう》なのですから……逸夜《いつや》くんが私を使って戦うというのも、悪くはないと思うのですが」

「……そんなに刀になりたいのか？」

「い、いえ！　そうじゃないと言いますか、いえ、そうなのですが……全身に感覚が残っているんです。逸夜《いつや》くんにぎゅっと握りしめられて振り回されるのを想像すると、なんだかクラクラしちゃって……」

ノアは何故《なぜ》か頬を染めてモジモジしていた。

六花戦争《ろっかせんそう》が終わって以降、たびたびこの話題が上がる。

俺が夜煌錬成《やこうれんせい》を発動して骸川《むくろがわ》ネクロを倒したことは確かだ。

つまり、俺には人間のみならずナイトログとしての性質が備わっていることになる。

だがその理由は判然としなかった。

もっとも考えられるのは、ノアと同じで人間とナイトログのハーフであるという可能性だ。

しかしノアの瞳は赤いのに、俺の瞳は普通の色をしている。同じハーフでもそういう違いが出るものなのだろうか。分からない。

「と、とにかくっ。いつか私を使って戦うのも悪くないかなと思うのです。もちろん戦う機会なんてないほうがいいに決まっていますけど」

「……まあ、今日はタイミングが悪かったし、またそのうち夜煌錬成《やこうれんせい》してみようか」

「ぜひっ。お願いします」

正直なところ、俺はノアの血を摂取することに抵抗を覚えていた。

血と血を交換しあう兄妹《きょうだい》。それはどこか背徳的な空気がただよう関係だった。

あまりインモラルなことはしたくない。

それに加えて——

(常夜神《とこよがみ》、か)

こないだ夜煌錬成《やこうれんせい》を発動してノアを抜刀した時、心の内部に濃密な宵闇が広がっていくのを感じた。あれはおそらく、ナイトログたちが崇《あが》めている常夜神《とこよがみ》の気配だ。

ナイトログの性質を利用して戦い続ければ、やつの支配下に入ることになる。

聞けば、ナイトログは常夜神《とこよがみ》が課したルールによって行動を制限されるらしい。

それは何かよくないことのように思えてくるのだ。

「なあノア。常夜神《とこよがみ》っていうのは……」

「逸夜《いつや》くん！　あれを見てください」

ノアが急に立ち止まって声をあげた。

道路の右手には、見るだけで運気が吸い取られそうなほど古ぼけているドラゴン亭の建物。入口の脇には、古ぼけすぎて文字が判読できなくなったスタンド看板。そしてそのスタンド看板のすぐ近くに、うつ伏せになって倒れている一人の人間。

「だ、大丈夫ですか……⁉」

俺とノアは慌てて行き倒れの人（？）に駆け寄った。

敗残兵のように気絶している少女だった。

緑の黒髪を肩口まで伸ばしている。

服装は真っ白なパーカーと丈の短いプリーツスカート。

露出した生足が病的なまでに白い。どことなく天使を連想させるような恰好《かっこう》だった。

「あの、どうしたんですか？　聞こえてますか……？」

「う……ぁ……」

少女がわずかに呻《うめ》き声を漏らした。

明らかに病人である。ドラゴン亭の客かもしれない。料理が口に合わなすぎて気絶してしまったのだろうか。

「い、逸夜《いつや》くん！　とりあえずドラゴン亭に運びましょう！　あとＡＥＤも！」

「救急車を呼んだほうが……」

スマホを取り出した瞬間、ガシッと腕をつかまれてしまった。

少女が突然腕を伸ばして俺を止めたのである。

「だめ……」

「駄目？　何がだ……？」

少女がわずかに顔を上げる。

俺は思わず息を呑《の》んでしまった。

その顔立ちが予想以上に綺麗《きれい》だったからではない。彼女の双眸《そうぼう》が、血のような紅色の輝きを発していたからである。つまりこいつは――人間ではなく、ナイトログ。

（ん？）

そこでふと気づく。

この顔、どこかで見たことがあるような気がする。

「私は……苦条《くじょう》ナナ」

驚愕《きょうがく》する俺とノアをよそに、行き倒れの少女——苦条《くじょう》ナナは、たどたどしい声音《こわね》で続けるのだった。

「恵んでください。食べ物を。一週間……本当に一週間……何も食べていなくて……力が出てこないんです………」

□

苦条《くじょう》ナナという名前には聞き覚えがあった。

常夜《とこよ》八十一爵《はちじゅういっしゃく》の一角、〝苦条峠《くじょうとうげ》〟出身のナイトログで、前回の六花戦争《ろっかせんそう》においてはノアと競い合った関係である。

といっても、俺たちは苦条《くじょう》ナナの素顔をほとんど知らない。

俺が初めて出会った苦条《くじょう》ナナは、同じ六花《ろっか》戦争《せんそう》参加者である骸川《むくろがわ》ネクロによって殺されていた。頭部を胴体から切り離され、川に放り捨てられていた記憶がある。

しかし現在、死んだはずの苦条《くじょう》ナナは元気にチャーハンを貪《むさぼ》っていた。

「おいしい……涙が出るほどおいしい……ありがとうございますありがとうございますありがとうございます………」

まさに鯨飲馬食《げいいんばしょく》。とはいえレンゲを動かす所作には品があるから不思議だった。苦条峠《くじょうとうげ》は常夜《とこよ》八十一爵《はちじゆういっしやく》に数えられる貴族家系らしいので、一通りのテーブルマナーは叩《たた》き込まれているのかもしれない。

俺は少し離れた席に座り、その様子をじっと観察する。

ナイトログであるという時点で危険人物だ。

ましてや敵同士だったのだから、その真意がつかめるまでは警戒を怠ってはならない。

「ノア。あいつと知り合いだったりするのか？」

「いいえ……苦条峠《くじようとうげ》とはほとんど縁がありませんでした」

「古刀《ことう》さん、ノア様！　油断しちゃ駄目ですよっ」

ノアの隣に座っていた少女——火焚《ひだき》カルネが声を潜めて言った。

炎のような赤い髪をツインテールに結んでいる。昨今めっきり見なくなったメイド服に身を包んでいるが、それは彼女がノアの専属メイドだからだ。

「ナイトログなんてのは殺し合ってなんぼの生き物です。きっとノア様たちに復讐《ふくしゆう》しに来たに違いありませんよ」

「復讐《ふくしゆう》？　あの人に何かしましたっけ……？」

「直接何かしたわけではありませんが、六花戦争《ろっかせんそう》で負けたってだけでナイトログにとっては屈辱なんです。憂《う》さ晴《ば》らしに襲いかかってくるかもしれませんよ。ねえ水葉《みずは》」

「よく分からないけど、あのナイトログは危険かもね」

　カルネの夜煌刀《やこうとう》、石木水葉《いしきみずは》がキーボードをカタカタと打っている。銃で人を殺すゲームをやっているのだろう。

「苦条峠《くじょうとうげ》といえば、いわゆるマッドサイエンティストの一族として有名だし」

「そうなのか？」

「夜煌刀《やこうとう》の研究をしてるんだってさ。古刀《ことう》、ひっ捕らえられてホルマリン漬けにされちゃうかもね」

「それを言うならお前も夜煌刀《やこうとう》だろ」

「僕は大丈夫。大してレアでもないステージ2だもん」

　まるで俺がレアな夜煌刀《やこうとう》であるかのような言い草である。

　詳しく問《と》い質《ただ》そうとした時、厨房《ちゆうぼう》の奥からエプロン姿の劉《りゆう》さんが現れた。

「おい苦条峠《くじょうとうげ》。そんなに食い散らかして金は払えるんだろうな？」

　苦条《くじょう》ナナの目の前には大量の皿が置かれている。チャーハン、ラーメン、中華丼、餃子《ギョーザ》、レバニラ炒《いた》め、魯肉飯《ルーロウハン》、八宝菜《はっぽうさい》。

「大丈夫、です」

　ごくんと呑《の》み込んで、

「お金ならあります……。こ、交通系ＩＣカードでお願いしますっ……」

　舌足らずでふにゃふにゃした喋《しゃべ》り方だった。見た目以上の幼さを感じさせる。あいつが何歳なのか知らないが。

「金を払うなら文句はないが……しかし、お前がここに何をしに来たのかは気になるな。知っているると思うが、ドラゴン亭は夜凪楼《よなぎろう》専門のブローカーだった場所だぞ」

「それは分かってます。で、でも、ブローカー活動は休止中なんですよね……？　夜凪楼《よなぎろう》が大変なことになっているそうですから……」

ここは劉《りゅう》さんに任せておくべきだ。俺やノアでは上手《うま》く聞き出すことはできない。

「まさかノアを狙ってるわけじゃないだろうな？」

「いえ。もちろん料理を食べるためです。はい」

苦条《くじょう》ナナは不器用な笑みを浮かべて劉《りゅう》さんを見上げた。

目元まで隠れるほどの長い前髪だ。

しかしその奥に、ナイトログらしい紅色の瞳がしっかりと見て取れる。

「こ、こんなに美味《おい》しい中華は、食べたことがありません……まさに鉄人の業《わざ》……うっとりしてしまいます」

「そ――」

虚を衝《つ》かれたように固まる劉《りゅう》さん。一挙に破顔し、

「そうかそうか！　お前いいやつだな！　お代はいらないよ、好きなだけ食べてくれ！」

「ちょっと劉《りゅう》さん⁉」

劉《りゅう》さんは嬉《うれ》しそうに苦条《くじょう》ナナの背中を叩《たた》くと、呵々大笑《かかたいしょう》して厨房《ちゅうぼう》のほうへと去っていった。

俺たちは唖然《あぜん》とするしかない。あんなに簡単に懐柔されてしまうなんて。

ノアがしみじみと呟《つぶや》く。

「劉《りゅう》さん、普段料理を全然褒められないから嬉《うれ》しかったのでしょうね……」

「お前らたまには感想言ってやれよ……」

「だってまずいもん。僕は正直者だから、感想言ったら殴られちゃうよ」

失礼なことをのたまう石木《いしき》を小突いてやった。

それよりも今考えるべきなのは、苦条《くじょう》ナナの処遇についてである。まさか本当にドラゴン亭で食事をすることが目的じゃあるまい。何らかの陰謀を抱えていることは明白だった。

ノアとカルネが目配せをしてくる。

ここは直接聞いてみるしかないだろう。

「……苦条《くじょう》ナナ。何の目的でドラゴン亭に来たんだ？」

急に話しかけられてびっくりしたのか、苦条《くじょう》ナナは「げほげほ」と噎《む》せた。

「も、目的、ですか？　えっと……それはさっき話しましたよね……？　お腹《なか》が空いて動けなかったので、腹ごしらえをするために来たんです」

「そうじゃないだろ。もっと別の理由があるはずだ」

「……ごめんなさい。本当にごめんなさい。昼ノ郷《ディトピア》に来てから一週間、本当に何も食べていないんです。苦条峠《くじょうとうげ》が管理する昼扉《ひるとびら》は埼玉県秩父《ちちぶ》地方の山奥につながっていまして……ほとんど遭難状態でした。道も整備されていないので。オオカミに食べられそうになって……」

苦条《くじょう》ナナは涙をぽろぽろと湧き水のようにこぼす。

これが演技だとしたら大した役者である。

「命からがら下山してこのお店に辿《たど》り着《つ》きました。こんなに美味《おい》しい料理をお腹《なか》いっぱい食べられて幸せです。それだけなんです。悪いことは何も考えてません……」

「ここって秩父《ちちぶ》からは相当離れてますよ？　それまでに飲食店は山ほどあったのでは？」

カルネの真っ当なツッコミ。苦条《くじょう》ナナは「うっ」と言葉を詰まらせた。レンゲをくるくると回しながら目を泳がせる。

「それはですねー……えっとですねー……」

「はっきりしてくださいっ！　叩《たた》き切《き》っちゃいますよ？」

「ひいっ！　ごめんなさいごめんなさいっ」

苦条《くじょう》ナナは米搗《こめつ》きバッタのように平身低頭。ボロボロ泣きながら弁解した。

「か、かか、隠してもしょうがないですよね……ごめんなさい……お伝えしておきますが、えっと、私はドラゴン亭に行きたかったのではなく。古刀逸夜《ことういつや》さんに会いたかったんです。お腹《なか》空いてたのは本当ですけど」

「俺に？　どうして」

何をされるのかと思って身構えていたが、予想に反して苦条《くじょう》ナナは俺から視線を逸《そ》らした。あらぬ方向を見つめながら、わずかに頬を染め、

「あなたが……命の恩人だからです。……逸夜《いつや》兄さん」

「逸夜《いつや》兄さん？？？」

ノアとカルネと石木《いしき》が素っ頓狂な声を漏らした。俺も少し狼狽《ろうばい》してしまった。見ず知らずの少女に「逸夜《いつや》兄さん」なんて呼ばれる心当たりはない。

「お前は俺のことを知っているのか？」

「は、はいっ。もちろん知っていますよ……？　前回の六花戦争《ろつかせんそう》で夜凪楼《よなぎろう》を優勝に導いた破格の夜煌刀《やこうとう》——銘は〈夜霧〉。今の夜ノ郷《ナイトピア》は兄さんの噂《うわさ》で持ち切りですから」

「ちょ、ちょっと待ってください！　どうして逸夜《いつや》くんが『兄さん』なのですか⁉　逸夜《いつや》くんの妹はたった一人しかいないはずなんです。だって……」

「兄さん。私は、あなたにお礼を言いたかったんです」

あろうことかノアを無視した。ショックで固まるノアをよそに、苦条《くじょう》ナナは何故《なぜ》か恥ずかしそうに告げる。

「私は六花戦争《ろつかせんそう》で骸川帳《むくろがわちょう》に殺されちゃいました。雑魚雑魚《ざこざこ》なので。弱虫なので。だけど……兄さんが天外《てんがい》に祈ってくれたんですよね？　苦条《くじょう》ナナを生き返らせてくださいって……」

「いや、それは」

違うのだ。天外《てんがい》に込めた祈りは『今回の六花戦争《ろっかせんそう》で失われたものを取り戻すこと』。

苦条《くじょう》ナナはたまたま含まれていたにすぎない。そもそもこの願いを決定したのは俺ではなくノアなのだから、感謝されるのは筋違いというものだ。

「ありがとうございます。おかげで助かることができました。兄さんにはどれだけお礼を尽くしたらいいのやら……この身を捧《ささ》げるのが妥当かと愚考しているところなのですが……」

「違います！　それは私が願ったことです！　そもそもあなたのことなんて眼中にはありませんでしたっ」

「えっと……どちら様でしょうか……？」

苦条《くじょう》ナナは何故《なぜ》か俺の背中に隠れてしまった。まるでノアを恐れるように。

ノアは「え？」と不意を突かれたように固まる。

「ほらノア様、自己紹介をしないとですよ」

「あ、はい……私は夜凪《よなぎ》ノアと申します。逸夜《いつや》くんの……古刀逸夜《ことういつや》と契約しているナイトログです」

「そ、そうだったんですね」

苦条《くじょう》ナナは曖昧な笑みを浮かべてノアに近づいた。

「今まで兄さんのお世話をしてくれてありがとうございました。差し支えなければ……でいいのですが、兄さんを譲ってくれませんか……？」

「な……」

オドオドしている割には尊大な物言いだった。

記憶が正しければ、ナイトログにとって夜煌刀《やこうとう》は決して手放すことのできない宝物だ。それを遠慮会釈《えんりょえしゃく》なしに「譲れ」と言い出すなんて、人間である俺からしても常識外れだと思う。

「さ、差し支えはあるに決まっているじゃないですか！　譲れません！　だって逸夜《いつや》くんは私のモノなのですから……！」

「そうですよ！　黙って聞いていれば、図々《ずうずう》しいことこの上ありませんねっ？　あなたはどうせ古刀《ことう》さんを狙っているんでしょう？　見え見えですよ」

「ひいっ！　ご、ごめんなさいっ！　で、でもでも……私は、兄さんを握ってみたいと思ってるんですっ……」

あまりに明け透けな物言いだったので、俺もノアもカルネも呆気《あっけ》に取《と》られてしまった。

「ナイトログなら誰でも強い夜煌刀《やこうとう》を使ってみたがるものですから。それに……兄さんは私の命を救ってくれた人でもあります」

「だから、それは偶然そうなっただけなんです。逸夜《いつや》くんはあなたを助けようと思ったわけじゃありませんので、恩を感じる必要はないです」

「いいえ、兄さんは私を助けてくれました」

どこか力強い口調で断言された。俺を見る苦条《くじょう》ナナの瞳には奇妙な光が宿っている。まさか過去に会ったことがある――なんてことはないと思うのだが。

「で、ノアを殺して奪おうってわけ？」と石木《いしき》。

「なら受けて立ちますよ！　やっちゃいましょうノア様！」

苦条《くじょう》ナナは「いえいえいえ！」と高速で首を横に振った。

「そんな物騒なことはしたくありませんっ……！　私は一度でもいいから兄さんを握ってみたいだけなんです……！　さっきの『譲ってください』っていうのも、所有権を譲渡してくださいって意味じゃないんです……！」

「意味が分かりませんっ」

「え、えっと、説明不足ですみません。これをご覧ください……」

苦条《くじょう》ナナはリュックを漁《あさ》ってクリアファイルを取り出した。

中に挟まっているのは、仰々しいフォントで〝神託戦争《しんたくせんそう》〟と書かれたチラシである。

「近頃、夜ノ郷《ナイトピア》で神託戦争《しんたくせんそう》と呼ばれるイベントが開催されます。兄さん――とノアさんには、ぜひこれに参加してもらいたいなって思いまして」

「神託戦争《しんたくせんそう》？　何ですかそれは……」

「も、もちろん戦争ですよ。戦争っていう名前がついてるんですからね……」

テーブルにチラシが広げられた。

どうやら全部日本語で書かれているようだ。

曰《いわ》く――

『第一回　神託戦争《しんたくせんそう》　主催：東方常夜神殿《とうほうとこよしんでん》
年に一回しかない六花戦争《ろっかせんそう》だけでは退屈だ！　そこで我々は夜ノ郷《ナイトピア》でも血沸き肉躍る武術大会の開催を決定した！　夜煌刀《やこうとう》を持っているナイトログは奮って参加されたし！　優勝者には豪華賞品を進呈する予定である！　詳細ルールは別紙あるいは特設サイトを参照のこと』

「平たく言うと、腕に覚えのあるナイトログたちがしのぎを削り合うバトル大会ってところですね。記念すべき第一回なので、参加しないのは損だと愚考いたします……」

「逸夜《いつや》くん。見るからに野蛮なイベントです。無視しましょう」

もちろん無視するつもりだった。しかし苦条《くじょう》ナナが何を思って誘いをかけてきたのかは気になるところだ。

「……さっきお前は『俺を使ってみたい』と言ったな？　このイベントに参加することと何か関係があるのか？」

「逸夜《いつや》くん。耳を貸してはいけません」

両手で俺の耳を塞いでくるノアをそっと振り払う。

苦条《くじょう》ナナは「へへ」と不気味に笑った。

「よくぞ聞いてくれました。実は神託戦争《しんたくせんそう》では特殊なルールが採用されているそうなのでして

……何でもナイトログ二人がペアとなり、お互いの夜煌刀《やこうとう》を交換して戦いに挑むのだとか」

「何だそれ？　夜煌刀《やこうとう》っていうのは契約をしたナイトログにしか使えないんじゃないのか？」

「もちろんそうです。でもこれは常夜神《とこよがみ》の認可を得たイベントですから」

苦条《くじょう》ナナはテーブルの皿から餃子《ギョーザ》をひょいとつまむ。もぐもぐ食べる。マイペースなナイトログだった。カルネが「なるほど」と頷《うなず》いて、

「常夜神《とこよがみ》はナイトログに関するすべてのルールを管轄しています。そもそも『夜煌刀《やこうとう》は契約をしたナイトログしか使用できない』というルールも常夜神《とこよがみ》が設定したものですから、変更を加えることも容易というわけですね」

そんな恣意的《しいてき》な原理で動いていたとは驚きだ。ナイトログや夜煌刀《やこうとう》に関する規則は絶対不変の真理かと思っていたが、意外と柔軟に変更できるらしい。

しかし思い返してみれば、六花戦争《ろっかせんそう》でも大量の特別ルールが設定されていたのだ。常夜神《とこよがみ》に申請して通りさえすれば、ナイトログの常識を覆《くつがえ》すことも可能なのだろう。

（そこまでの力を持っている常夜神《とこよがみ》とはいったい何者なのだろうか）

思考が逸《そ》れかけた時、ノアが俺の服の裾を引っ張った。

「……逸夜《いつや》くん。こんなの参加する必要はありませんからね」

「分かってるよ。参加したってメリットはない」

「いえ兄さん、メリットならあります。ありありです。優勝賞品が超豪華なんです」

「何だよ」

「夜煌刀《やこうとう》です。主催者が用意した特別品らしいですよ」

であるならば余計に関係のない話だった。夜煌刀《やこうとう》である俺に夜煌刀《やこうとう》は必要ないし、ノアも俺以外の夜煌刀《やこうとう》を必要としていない。

「悪いが断らせてもらう。もう戦争なんて真っ平ごめんだからな」

「そ、そうですか……残念です……」

苦条《くじょう》ナナは心底残念そうに視線を逸《そ》らしてしまった。

食い下がってくる気配がないのが不気味である。

それにしても何を企《たくら》んでいるのかよく分からない。

敵意や殺意のようなものは感じないが……──

「帰ってください。ここはあなたのいるべき場所ではありませんから」

「分かりました。出直すとします。でも……」

そこで苦条《くじょう》ナナは困ったように首を傾《かし》げ、

「誠に申し上げにくいのですが……か、帰る場所がありませんのです」

「へ？」

「よければ泊めてくれませんか……？」

初対面の相手によくそんなお願いができるものだ。ナイトログとは基本的に図々《ずうずう》しい生き物だから、これくらいは普通なのかもしれないが。

ノアが慌てて叫んだ。

「だ、駄目です！　あなたのようなどこの馬の骨ともつかない危険人物を滞在させるわけにはいきませんっ。駅前にホテルがあるので即刻ドラゴン亭から出て行ってください」

「でも……ホテルに泊まれるほどのお金はありません」

俺はちらりとテーブルの上の料理を見る。余裕で一泊できる程度の値段はするんじゃないだろうか。

「す、すでに日が暮れてしまいました。しかも天気予報によれば、今晩は篠突《しのつ》く雨が降るらしいです。この店を追い出されてしまったら、体調を崩してしまうかも。ゆくゆくは悪い病気にかかって死んじゃうかも……」

「今晩は月がよく見えるってさ」と石木《いしき》。

「泣くフリをしても無駄ですよ」とノア。

「フリじゃありませんっ。涙が出てます。絶望のどん底に突き落とされていますっ……！」

「ノア様、実力行使で追い出しますか？　幸いにも夜煌刀《やこうとう》はこの場にいないようですし、苦《く》条《じょう》ナナに抵抗はできませんよ」

「ひぃ⁉　何でそんな荒っぽいのですか……⁉」

「荒事《あらごと》なら僕のいないところでやってくれない？　今ランクマッチで忙しいからさ」

「石木《いしき》の言う通りだ。店の中で揉《も》め事《ごと》を起こしたら劉《りゅう》さんに怒られるぞ」

「兄さんっ……！　や、やっぱり兄さんは優しいですねっ……」

苦条《くじょう》ナナがぎゅーっと俺に抱き着いた。

「逸夜《いつや》くんにくっつかないでください！」

今度はノアがぎゅーっと苦条《くじょう》ナナに抱き着いた。

カルネが腕まくりをしながら不敵に笑い、

「よっしゃノア様！　暴力的に追い出しましょうか！」

「いえ、騒動を起こすのも反対です！　劉《りゅう》さんがお冠《かんむり》になっちゃいます！　人を殴る用のフライパンで殴られたくはありませんから……なので苦条《くじょう》さん、あなたには自発的に去っていただけると助かるのですが」

「いいじゃないか、一泊くらい」

厨房《ちゅうぼう》のほうから劉《りゅう》さんが現れた。その両手には新しい皿。どうやら苦条《くじょう》ナナは追加で注文をしていたらしい。

「ほれ、これはハクレンの煮込みだ。他所《よそ》じゃなかなか食べられないから味わってくれ」

「うわあ。美味《おい》しそうです。最高です。写真撮ってインスタに上げちゃいますね」

「わははは！　好きなだけ上げろ！　そしてもっと褒めろ」

スマホでカシャカシャと写真を撮る苦条《くじょう》ナナ。気をよくして大笑いする劉《りゅう》さん。ノアが大慌てで苦条《くじょう》ナナを指差して、

「と、泊めるんですか⁉　この得体の知れない子を……⁉」

「いいじゃないか。私の勘だが、こいつにはお前らをどうこうしようっていう意思はないよ。そもそも私の料理を好いてくれるやつに悪いやつはいねえ」

確かにあれだけ美味《おい》しそうに爆食いされたら好印象だろう。しかし相手は六花《ろっか》戦争《せんそう》で対立していたナイトログだ。そう簡単に気を許すのは得策ではないように思えるのだが。

俺たちの不安を察したのか、劉《りゅう》さんは苦条《くじょう》ナナには聞こえないように声を潜めて言った。

「安心しろ。私だって苦条峠《くじょうとうげ》の危険性は承知しているさ」

「え？　じゃあどうして……」

「監視の意味合いもある。やつの狙いが何なのか、確かめてやろうじゃないか。幸いにも盗まれて困るものはないしな」

苦条《くじょう》ナナは美味《おい》しそうに魚料理を頬張っていた。

波乱の予感を感じ、俺は密《ひそ》かに気を引き締めるのだった。

俺はドラゴン亭に宿泊しているわけではない。

ノアは控えめに「一緒に住みましょう」と提案してくるが、ドラゴン亭にお世話になるのも憚《はばか》られた。引っ越し代も馬鹿にはならない。母親が遺《のこ》していった貯蓄で生活できているが、可能な限り無駄遣いはしたくなかった。

□

そういうわけで古刀《ことう》家の屋敷《やしき》まで帰ってくる。

すでに日は沈み、辺りは静かな暗闇に包まれていた。

(苦条《くじょう》ナナ。大丈夫なのだろうか)

劉《りゅう》さんは監視をすると言っていたが、はたして飼い慣らせるような相手なのだろうか。

そこでふと疑問に思う——苦条《くじょう》ナナはどうして俺のことを「兄さん」と呼ぶのだろうか。

深い意味はないのかもしれないが、奇妙な引っかかりを覚えてならない。

しばらく歩くと古刀《ことう》家の玄関に辿《たど》り着《つ》いた。

パッと灯《あか》りがつく。人が近づくと作動するセンサーが設置されているのだ。

(……ん?)

玄関の引き戸が開きっぱなしだ。警戒心を募らせながら足を踏み入れると、土間のところに点々とした血痕がこびりついているのが見えた。

この家の鍵は壊れている。誰でも侵入することは可能だ。

泥棒？　だとしてもこの血痕はいったい何なのだろうか。

俺は心臓がバクバク鳴るのを感じながら靴を脱ぐ。廊下をギシギシ鳴らして進んでいくと、居間のところで誰かが倒れているのを発見した。

電気の紐《ひも》を引っ張る。見覚えのある制服。俺の周りでは珍しい金色の髪。

「影坂《かげさか》……⁉　どうしたんだ⁉」

畳の上に倒れ伏していたのは、かつてノアと矛を交えたナイトログにしてドラゴン亭のアルバイト、影坂《かげさか》ミヤだった。

頬が殴られたように腫れている。すでに渇いているが、制服は血で真っ赤に染まっている。どうやら肩の辺りを斬られたらしい。

「しっかりしろ！　大丈夫か……⁉」

「ん……逸夜《いつや》……？」

影坂《かげさか》がゆっくりと瞼《まぶた》を上げた。虚《うつ》ろな紅色の瞳がまっすぐこちらを見上げてくる。意識があるようで一安心だった。

それにしてもいったい何事だろうか。

そもそも影坂《かげさか》は夜ノ郷《ナイトピア》に一時帰宅しているはずだった。

前回の六花戦争《ろっかせんそう》で失態を演じたことで父親から「しばらく帰ってくるな」と厳命されていたらしいが、その禁がついに解けたのだそうだ。

彼女曰《いわ》く、「ごめんなさいをするために帰るのよ」。

(でも、一週間後に戻ってくるって言ってたよな？　それにこの怪我《けが》は……)

明らかに誰かに襲われたような痕跡だ。

それに彼女の夜煌刀《やこうとう》である桜庭和花《さくらばのどか》の姿がないのも不自然だった。

困惑していると、影坂《かげさか》が俺の腕をガシッとつかんで縋《すが》りついてくる。

「逸夜《いつや》……大変よ……大変なことになっちゃったの……」

「何があったんだ？　夜ノ郷《ナイトピア》で別のナイトログに襲われたのか？」

「ううん……違うわ。和花《のどか》を……和花《のどか》を奪われちゃった……」

ぎょっとした。影坂《かげさか》が涙を流していたからだ。いつでも気丈な少女だと思っていたのに——

だがこれは悲しみの涙というよりは、怒りや悔しさによる涙なのだろう。

「誰に奪われたんだ」

「正体は分からないわ。背が高くて意地の悪そうな女よ。服装は真っ黒いシスター服……あと自分のことを『夜煌刀《やこうとう》狩り』って言ってた」

「どこでそいつに会った？」

「夜ノ郷《ナイトピア》。他のナイトログも狙われているみたい……」

影坂《かげさか》は痛みを堪《こら》えるように顔をしかめた。命からがらここまで逃げてきたのだろう。昼ノ郷《デイトピア》で彼女が頼れる人間なんて数えるほどしかいないから。

切実な視線に見上げられ、俺はわずかにたじろいだ。

「ねえ逸夜《いつや》。恥を忍んでお願いするわ。和花《のどか》を取り返して……そうじゃなきゃ私はお父様に叱られちゃう。戦う力をなくしたナイトログは……飛べない鳥みたいなものだから……」

影坂《かげさか》ミヤらしくもない発言だった。彼女がこれまで自信満々に振る舞うことができたのは、和花《のどか》という存在のおかげなのかもしれなかった。

放置しておくわけにはいかない。

俺は戸棚から救急箱を取り出すと、いそいそと影坂《かげさか》の治療を始める。

ノアたちにも連絡する必要があるだろう。

□

『――なぁにが影坂堂《かげさかどう》の嫡流よ！　ただの小娘じゃない、笑っちゃうわ。あたしがちょっと呪《じゅ》法《ほう》を使ってあげたら、面白いようにひっくり返ってたわよ？　コメディねコメディ、もうちょっと遊んでくれればよかったかしらぁ？　腕の一、二本を切断しちゃうのはどう？』

「そ、そですか……」

『とにかくこれで優勝賞品は揃《そろ》ったわねえ。どいつもこいつも骨がなくて退屈しちゃうわあ。……ま、結局のところ、常夜神《とこよがみ》に認められた一級神官であるあたしに敵《かな》う者なんていないってことね。あんたも愚図愚図してると殺すわよ？　仮にも神殿の徒なら、しっかり与えられた役目を果たしなさい。じゃーねー』

LINEの通話が切れた。

言いたいことを捲《まく》し立《た》てるのはさぞや気分がいいことだろう。

私は小さく嘆息すると、夜凪《よなぎ》ノアに敷いてもらった布団《ふとん》にぱたりと倒れ込んだ。

窓から差し込む月明かりが殺風景な部屋を照らしている。

ドラゴン亭の二階の一室。店主である劉妍凌《りゅうけんりょう》が「ここで寝ろ」と貸してくれたのだ。

ちなみに、部屋には隠しカメラと盗聴器が仕込まれている。

おかげで通話する際も慎重を期さなければならない。

料理をべた褒めしたことで懐柔できたかと思ったが、さすがはナイトログのブローカーといったところか。そう簡単には靡《なび》かないようだ。

「……別にいいけどね」

この部屋で何かをするつもりはない。兄さんとお近づきになれるだけで満足。どうせなら古《こ》刀《とう》家に泊まりたかったが、それを望むのは性急というものだ。

焦《あせ》らずじっくり。

古刀逸夜《ことういつや》を攻略していけばいい。

「ふふ……兄さん………」

思い出すだけで身体《からだ》が熱くなってくる。六花戦争《ろっかせんそう》の時はその存在すら知らなかったけれど、先ほど相対してみて理解した――兄さんは私にとって必要な人物であると。

ナイトログは優れた夜煌刀《やこうとう》を目にすると我を忘れて求めたがるものだと言われるが、その気持ちが初めて分かった気がした。

「まずは夜ノ郷《ナイトピア》に来てもらわなくちゃ」

あと神託戦争《しんたくせんそう》にも参加してもらわなければならない。

そのためには兄さんと言葉を重ねていく必要があるけれど――

「苦条《くじょう》さん。起きていますか」

「ん」

襖《ふすま》を開いてみると夜凪《よなぎ》ノアが立っていた。薄闇の中にぼんやりと浮かぶ白い姿。タチの悪い地縛霊のようだった。

「な、何かご用ですか。私は眠いんですが……」

「あなたが不埒《ふらち》なことをしないか見張る必要があります。カルネと交代で監視しますので、気にせず眠ってください」

カメラがついていることを知らないのだろうか。

だとしたらおめでたいことだ。

「……そもそも、私は変なことはしません。ただ兄さんに神託戦争《しんたくせんそう》に参加してほしいだけなんです」

「何で逸夜《いつや》くんのことを『兄さん』と呼ぶのですか？　初対面の方に対する態度ではないと思うのですが」

「そ、そうでしょうか？　道行くおじさんが道行く若い男性のことを『兄ちゃん』とか『あんちゃん』とか呼んでいるのをたまに見かけますよ」

「それとこれとは話が別です！」

夜凪《よなぎ》ノアはぷんぷん怒っていた。こんな世間知らずが六花戦争《ろっかせんそう》で優勝したなんて悪夢としか思えない。兄さんが前代未聞《ぜんだいみもん》の逸品であることの証左なのだろうけれど。

「何で神託戦争《しんたくせんそう》に逸夜《いつや》くんを誘ったのですか？　よからぬ企《たくら》みがあるとしか思えません」

「えっと、さっきも言いましたよね……？　神託戦争《しんたくせんそう》では他人の夜煌刀《やこうとう》を使うことができるんです。私は一度でいいから兄さんを握ってみたいので」

「そんなことは許しません。逸夜《いつや》くんは私のモノです」

「でも神託戦争《しんたくせんそう》に参加すれば戦えますよ？　ナイトログは飽くなき闘争本能を抱えているものです。あなたもそうだと愚考しますが……」

「違います！　私は――」

――デロデロデロデロデロリン♪

にわかに不可思議な音色が耳朶《じだ》を打った。何のBGMかと思ったが、どうやら夜凪《よなぎ》ノアが持っているスマホが着信を知らせた音らしい。

「私は戦いなんて嫌いなのですっ。それは逸夜《いつや》くんだって同じで――」

――デロデロデロデロデロリン♪

「とにかく！　あなたみたいな変な人に逸夜《いつや》くんは握らせませんからねっ」

――デロデロデロデロデロリン♪

「……出ないんですか？」

「言われなくても出ますっ」

夜凪《よなぎ》ノアは憤慨した様子でスマホを取り出した。しかし画面を見た途端、子犬が尻尾を振るように喜色をあらわにする。兄さんから電話がかかってきたのだろう。

「もしもしノアです。逸夜《いつや》くん、どうしましたか」

スマホの向こうからくぐもった音声が聞こえてくる。

それは確かに兄さんの声だ。私がずっと聞きたくて仕方のなかった優しい声。

しかし、夜凪《よなぎ》ノアはたちまち顔を青くして背筋を伸ばした。

「ほ、本当ですか……？　……はい、はい……分かりました、すぐ行きます……」

通話が切れる。呆然《ぼうぜん》とした様子でスマホをしまう。

私は不審に思って尋ねる。

「ど、どうしました？　緊急事態でしょうか……？」

「影坂《かげさか》ミヤが……誰かに襲われて夜煌刀《やこうとう》を奪われてしまったそうなんです……」

影坂《かげさか》ミヤ。

すでに調査は終わっている。このドラゴン亭に出入りしているナイトログだ。そしてつい先ほど私の上司が屠《ほふ》った相手。

「逸夜《いつや》くんの家に行ってきます！　カルネたちを呼ばないと……！」

夜凪《よなぎ》ノアは大慌てで走り出した。仕方がないので私も支度をしてその後を追う。想定外の事態になってしまったが、上手《うま》くすれば兄さんたちを夜ノ郷《ナイトピア》に誘えるかもしれない。

□

「逸夜《いつや》～♡　あ～んしてよ♡」

「何言ってるんだ？　皮まで剝《む》いてやったんだから自分で食えよ」

「肩を斬られて利《き》き手《て》が使えないのっ。食べさせてくれなきゃ食べられないわ」

「はあ……」

時刻はすでに午後八時を回っている。

湖昼《こひる》の部屋のベッドに寝そべっている影坂《かげさか》は、恋人にねだるような感じで「あ〜ん」を要求していた。俺はしぶしぶ皿のりんごをフォークで刺し、影坂《かげさか》の口元へ運んでやる。

「んんんっ。美味《おい》しい〜っ。逸夜《いつや》にお世話してもらえるなんて嬉《うれ》しいわ♡」

「お前、もう傷は大丈夫なのか……？」

「手当てしてくれたおかげでね。見た目以上に深くなかったのよ」

「後で病院に行ったほうがいいぞ。ただの応急手当なんだから」

「は〜い♡」

はたしてナイトログが人間の病院にかかっても平気なのだろうか。

まあ、影坂《かげさか》はメンタル面でも回復しつつあるようだ。

さっきまで涙目になっていたのが嘘《うそ》のようである。台詞《せりふ》の尻に「♡」をつけられるようなら心配はいらないだろう。

「……で、お前を襲ったのはナイトログなんだよな？　そういうことはよくあるのか？」

「あるわけないでしょ。普通のナイトログだったら私を見た瞬間に裸足《はだし》で逃げ出すわ」

「でも襲われて負けたじゃないか」

「あれは不意打ちだったからよ！　あの女……次会ったら承知しないわ！　全身を角砂糖みたいに切り刻んであげるんだから！」

「まあ元気そうでよかったよ」

「元気じゃないわ」

途端に甘えるような上目遣いで俺を見て、

「和花《のどか》をとられちゃったもの。あの子はずっと私と一緒だったのに……あの子がいなくちゃ、私は敵を斬り殺すこともできないわ」

「そうか……」

「だから私をたっぷり慰めてね♡　あ～ん♡」

「…………」

影坂《かげさか》は口を開けてりんごを待っている。悲しんでいるのか楽しんでいるのかよく分からなかった。仕方がないので再びりんごを口に運んでやった。

「おいし～！　広大無辺《こうだいむへん》の愛が感じられるわ～」

「はいはい」

「……逸夜《いつや》くん？　何やってるんですか？」

いつの間にか背後にノアが立っていた。まるで恋人の浮気《うわき》現場を目撃したかのように絶望的な表情をしている。その後ろからひょっこりと顔を出したのはカルネである。

「あーっ！　ノア様が心配して飛んできたっていうのに、浮気《うわき》ですよ浮気《うわき》！　古刀《ことう》さんのふしだら！」

「違う。何だよ浮気《うわき》って」

「そうよ浮気《うわき》じゃないわよ！　だって私は逸夜《いつや》の正妻だからねっ」

影坂《かげさか》が腕にしがみついてきた。俺は悲鳴をあげそうになってしまった。悪いことなど何一つしていないはずなのに、焦燥感が湧き上がってくる。

ノアは落ち着いた様子で俺を見た。

深呼吸をしてからこんなことを言う。

「……逸夜《いつや》くんは優しいですね。怪我《けが》をした影坂《かげさか》ミヤのお世話をしてあげるなんて」

「え？」

「でも無理しなくていいんですよ？　イヤイヤやっているのは分かっていますから。影坂《かげさか》ミヤも逸夜《いつや》くんにくっつかないでくださいね、困らせてはいけませんよ」

「はあ!?　逸夜《いつや》は私のお世話ができて至上の喜びを感じてるはずなんだけど!?　顔にそう書いてあるじゃない！」

書いてない。

「それは愚かな勘違いというものです」

「影坂《かげさか》ミヤって早とちりの達人ですよねえ。クラスでも浮いてるんじゃないでしょうか？」

「駄目ですカルネ。本人に聞こえたら可哀想《かわいそう》ですから……」

「この小娘っ……！　正妻でもないのに正妻の余裕をかましやがって……！」

「あのっ！　争いはそれくらいにしてくださいっ……！」

ノアとカルネを押しのけるようにして現れたのは、緑の黒髪と天使っぽい衣装が特徴的なナイトログ――苦条《くじょう》ナナだった。

前髪の向こうに見え隠れする双眸《そうぼう》は不安そうに揺れている。相当な勇気を振り絞って声を出したに違いなかった。

「い、今は、確認するべきことがあるはずですっ。影坂《かげさか》ミヤさんを襲ったのは誰なのかとか」

「あんた誰？　ナイトログよね？　見ない顔だけど殺されたいの？」

「ひぃ」

「落ち着け影坂《かげさか》。こいつは苦条峠《くじょうとうげ》の苦条《くじょう》ナナだ。道端で行き倒れていたからドラゴン亭で保護している」

「はあ……？　苦条峠《くじょうとうげ》っていったら変な研究をしている気味の悪い家系じゃない。しかも苦《く》条《じょう》ナナってこないだの六花《ろっか》戦争《せんそう》の参加者でしょ？　逸夜《いつや》、そんなのと関わっちゃ駄目よ」

ナイトログ同士は顔を合わせると即座にケンカをする習性を持っているらしい。仲の悪い猫みたいだ。カルネが「あらまあ」と影坂《かげさか》の容態を確認して、

「こてんぱんですね。いいザマです」

「ケンカ売ってるの？　闇の彼方《かなた》に葬《ほうむ》り去《さ》ってあげましょうか？」

「夜煌刀《やこうとう》を持たないナイトログに凄《すご》まれたって怖くありませんよ？　まるでチワワの威嚇です」

「あんたも今持ってないでしょうが！　だいたいチワワだって意外と怖いんだからね⁉」

「怪我《けが》をしたあなたを捻《ひね》り潰す程度、水葉《みずは》の力を使うまでもありませんよ！　つまり六花《ろっか》戦争《せんそう》の借りを容易《たやす》く返すことができるのです。もう少し身の振り方を考えたほうがいいかと思いますが？」

「ぐぬぬ……！」

カルネはにこりと笑う。そういえばこの二人は犬猿の仲なのだった。

「……ちなみに石木《いしき》はどうしたんだ？」

「ドラゴン亭でゲームをしています」

出不精すぎる。

苦条《くじょう》ナナが慌てて声をあげた。

「み、皆さん！　もっと建設的な話をしましょう」

「苦条《くじょう》さんの言う通りですよ。カルネ、影坂《かげさか》ミヤをぼこぼこにするのは後にしましょう」

「そうですね！　しかし建設的な話といっても『影坂《かげさか》ミヤが不審者にぼこぼこにされてめでたしめでたし』で終わることじゃありませんか？」

「そ、それだけじゃ終わりませんっ。兄さんから電話で聞いたノアさんから聞きましたけど、影坂《かげさか》ミヤさんは夜煌《やこうとう》刀狩りに襲われたんですよね……？」

影坂《かげさか》は舌打ちをしてそっぽを向いた。

「……そうよ。夜煌刀《やこうとう》狩りを名乗る変な女にね」

「それはたぶん……近頃夜ノ郷《ナイトピア》で騒ぎになっている連続殺傷事件かと愚考します。もう被害者は七、八人にのぼっていると聞きました」

そんな事件は初耳だ。苦条《くじょう》ナナは指を絡《から》ませながらモジモジしている。

「被害者は殺される場合もあるそうです。だから影坂《かげさか》さんは運のいいほうなんです。そして犯人は、例外なく夜煌刀《やこうとう》を奪っていくのだとか……」

「そうよ。和花《のどか》は奪われてしまったわ」

影坂《かげさか》はあっけらかんと言った。

「まったく不甲斐《ふがい》ないわね。私としたことが大失態よ。夜煌刀《やこうとう》を失ったナイトログなんて人間と大差ないのに……お父様に申し訳が立たないわ」

ノアがじっと影坂《かげさか》を見つめる。

「……影坂《かげさか》ミヤ。あなたは夜煌刀《やこうとう》を取り戻したいと思わないのですか」

「思ってるに決まってるでしょ！　和花《のどか》は私の所有物で……大切な家族なんだから」

気丈に振る舞っているだけだ。握った拳がぷるぷると震えている。さすがに茶々を入れる気にもなれなかったのか、カルネが真面目な表情を作って苦条《くじょう》ナナを振り返った。

「夜煌刀《やこうとう》を取り返すのは難しいですよねえ。夜ノ郷《ナイトピア》の貴族たちが捜索しているみたいですが、未《いま》だに犯人は見つかっていないのですから」

「犯人の正体も分かってないのか？　影坂《かげさか》は見たんだろ？」

「見たわ！　性格の悪そうなシスターよ！」

「もっと具体的な情報をくれると助かるんだが」

「あの。犯人がどこの誰かはおおよそ見当がついています……」

苦条《くじょう》ナナはクリアファイルから紙を取り出した。駅でよく見かける指名手配書に似ている。

そこに印刷されていたのは――ぎょろりとした目つきの女。写真のはずなのに、見ているだけで悪寒《おかん》を覚えるような迫力がある。

WANTED
〝夜煌《やこうとう》刀狩り〟骨瀞《ほねとろ》ペトラ
見つけた方は常夜《とこよ》八十一爵《はちじゅういっしゃく》まで

「――あああぁ！　こいつよ！　私に襲いかかってきた殺人鬼！」

影坂《かげさか》が大声をあげて跳び上がった――が、傷に響いたのか、「いったぁ～！」と悶絶《もんぜつ》してベッドにひっくり返ってしまった。

「指名手配されているのか？　だったらすぐに捕まりそうだが」

「い、いえ……この骨瀞《ほねとろ》ペトラっていうナイトログはとてもすばしっこくて、夜ノ郷《ナイトピア》の貴族たちも手を焼いているそうなんです……」

苦条《くじょう》ナナは忙《せわ》しなげに視線をきょろきょろさせている。

何か不都合なことでもあるのだろうか。それとも話すのに慣れていないだけか。

「……そして、ここからが本題なのですが、骨瀞《ほねとろ》ペトラは私利私欲のために犯行を重ねているわけではないのだと愚考します。夜煌《やこうとう》刀狩りも目的があって——」

「んなわけないわよ！　あれは根っからのバトルジャンキーに決まってるわ！　憶測で意見するのはやめてくれないかしら？」

「ひいっ。ご、ごめんなさい。でも憶測じゃないんですっ……これを見てください」

今度はスマホの画面を見せてきた。

シンプルなデザインのサイトが表示されている。

「これは神託戦争《しんたくせんそう》の運営が作成したホームページです。ここに開催概要とか色々説明が書いてあるのですが……」

「夜ノ郷《ナイトピア》ってインターネットはつながってないんじゃなかったっけ」

「これは昼ノ郷《デイトピア》にいるナイトログ向けですので……それに最近はデジタル化を推進しようという動きもあるんですよ。ネットが通ったらゲームし放題です。いえ、それよりも、とにかくここを見てください。さっき優勝賞品のリストが公開されたんです。ほら……」

ページがスクロールされていく。

〝優勝賞品リスト〟と書かれた部分に無数の写真が載っていた。

それは人間の顔写真である。老若男女《ろうにゃくなんにょ》が七人ほど。おそらくすべて夜煌刀《やこうとう》である。

そして、最後のほうに見覚えのある顔を発見した。

黒髪の大和撫子《やまとなでしこ》。目尻に自信のなさが表れている。影坂《かげさか》の夜煌刀《やこうとう》、桜庭和花《さくらばのどか》だった。

「和花《のどか》……⁉ どうして和花《のどか》がこんなところに⁉」

「骨瀞《ほねとろ》ペトラは神託戦争《しんたくせんそう》の運営に関係してるってことだと愚考します……これに載っている他の夜煌刀《やこうとう》も、夜煌刀《やこうとう》狩りにやられたナイトログの所有物だったそうで」

古時計がぼーんぼーんと夜の九時を告げていた。

桜庭《さくらば》和花《のどか》。俺にとってはほとんど関わり合いがない人物だ。しかし前回の六花《ろっか》戦争《せんそう》では命を助けられたことも事実である（命を狙われたりもしたが）。

俺はふと影坂《かげさか》のほうを見やった。

縋《すが》るような視線がぶつかった。

和花《のどか》を助けるためには神託戦争《しんたくせんそう》で優勝する必要がある。

しかし、何かできすぎのような気がするのだ。俺たちは罠《わな》に嵌《は》められているのではないか。見えざる宵闇の魔手に絡《から》め取られているのではないか。状況を整理して熟考したほうがいいのではないか……──

ふと電気が消えた。

辺りは濃密な闇に包まれる。ノアが「停電ですか⁉」と慌てる。

ブレーカーでも落ちたのだろうか。

しかし電気はすぐについた。

そうして俺は度肝を抜かれてしまった。

「こんばんはぁ」

この場にいるはずのない人物が立っている。

俺、ノア、カルネ、苦条《くじょう》ナナ、影坂《かげさか》の五人に囲まれるようにして、背の高い女が突っ立っている。

そいつは狐《きつね》のように底意地の悪そうな笑みを浮かべていた。

服装は堕落したシスターのような黒衣だ。

そして――血のような紅色の瞳。つまりナイトログ。

俺は咄嗟《とっさ》に畳の上に落ちていた指名手配書を見つめた。

そんな馬鹿な。顔が一緒だ。

「骨瀞《ほねとろ》ペトラ……⁉　なんでここに――うぎゃっ」

立ち上がりかけたノアの腹部に回し蹴りが炸裂《さくれつ》した。

ノアの身体《からだ》はいとも簡単に吹っ飛び、聚楽壁《じゅらくかべ》に背中を打ちつけてぽろぽろ土をこぼす。

カルネが箒《ほうき》を手に取って襲いかかった。しかし上段から放たれた無音の一撃は、容易《たやす》く素手

で受け止められてしまった。

「あんまり暴れないでくれるかしら？　こっちはただ挨拶に来ただけなんだから。お茶の一杯や二杯出してくれてもいいんじゃなーい？」

「不法侵入者に出すお茶はありませんっ！」

「あっそ。じゃあ寝てろ」

拳がカルネの顔面に突き刺さった。カルネは鼻血を垂らしながら転倒。それでも立ち上がろうと藻掻《もが》くが、下腹を蹴り上げられて悶絶《もんぜつ》してしまう。

俺は状況を把握できずに右往左往していた。

いったいどこから入ってきた？　そもそも何故《なぜ》物騒な殺人鬼がこの部屋にいるんだ？——何もかもが理解できなかった。

骨瀞《ほねとろ》ペトラがゆっくりと俺のほうを向いた。

それはまさに殺人鬼の笑み。躊躇《ちゅうちょ》なく人を害することができるバケモノの立ち居振る舞い。

背筋がぞくりとするのを感じた。

「あんたが〈夜霧〉でしょ？　六花《ろっか》戦争《せんそう》で夜凪楼《よなぎろう》を優勝させた夜煌刀《やこうとう》」

気づけば骨瀞《ほねとろ》ペトラは夜煌刀《やこうとう》を握りしめていた。

きらきらとした装飾の宝剣である。何か特殊な呪法《じゅほう》を宿していることは明白だ。

俺はごくりと唾《の》を呑み込んでから口を開いた。

「……何をしに来た？　戦いが目的か？　警察に通報するぞ」

　そこまで言った瞬間、骨瀞《ほねとろ》ペトラの姿がぶれるようにして消えた。ハッとして周囲を見渡した時には何もかも遅かった。突如として腹部に衝撃。いつの間にか眼前に立ちはだかっていた骨瀞《ほねとろ》ペトラが、容赦なく蹴りを叩《たた》き込んできたのである。

「がはっ」

「質問してるのは──こっちなんだよッ！」

　何度も足蹴にされる。俺はそれを腕で必死でガードしながら状況を探った。

　畳の上に這《は》いつくばっているノアとカルネ。

　影坂《かげさか》が「逸夜《いつや》っ！」と悲痛な声をあげて飛びかかったが、骨瀞《ほねとろ》ペトラは夜煌刀《やこうとう》を一閃《いっせん》。わずかな鮮血とともに影坂《かげさか》は尻餅をついてしまった。

「何だお前は……!?　俺たちにいったい何の用なんだよっ」

「黙りやがれっ！」

　いきなり胸倉をつかみ上げられた。凶悪な視線がまっすぐ突き刺さる。

「あたしは神殿の一級神官・骨瀞《ほねとろ》ペトラよ？　分かっているの？　お前のように下賤《げせん》な人間が言葉を交わしていいナイトログじゃあないの」

「話しかけてきたのはそっちじゃないか……！」

「うるせえ！　……でもね、でも今回だけは特別にお話ししてあげるわ。私の目的は二つ。一つは仕留め損ねた獲物の様子を見て楽しみたかったの。そこで無様に倒れている影坂堂《かげさかどう》のことよ。いったいどんな顔をして尾羽打ち枯《おはうちか》らしているのか気になっちゃって！」

つまりこいつは影坂《かげさか》の後をつけてきたのか。

トドメを刺すために――

「正解よ。夜煌刀《やこうとう》だけ盗んでも仕方がないわ。だって前の持ち主と契約が結ばれているんだもの……ちゃあんと始末しておかないとね」

「この……！」

影坂《かげさか》は再び飛びかかろうとする。しかし力が入らない。その場で転んでしまう。

骨瀞《ほねとろ》ペトラは「きゃははは！」と近所迷惑も甚だしい笑い声をあげた。

「ちなみにもう一つの目的は〈夜霧〉を回収すること。こんな上等の夜煌刀《やこうとう》を放置しておくのはもったいないからねえ、あたしが神殿に献上してあげるわ♪」

まずい。このままではまた攫《さら》われてしまう。ノアは動ける状態じゃない。仮に動けたとしても接続礼式《せつぞくれいしき》をできる状況ではない。

やつの手がゆっくりと伸びてくる。俺はなすすべもなく硬直し……――

「――兄さんっ！　諦めちゃ駄目ですっ」

ぶおんと突風が吹き渡った。横から特急列車のような勢いで何かが突進してくる。

骨瀞《ほねとろ》ペトラが薄ら笑いを浮かべて飛びすさった。

俺を守るようにして立ちはだかったのは、木刀のような得物《えもの》を構えた苦条《くじょう》ナナ。

先ほどまでとは百八十度異なる激しい殺気を振り撒《ま》いている。

が、それ以外にも驚くべき点があった。

苦条《くじょう》ナナが握りしめているのは何の変哲もない木刀である。だが目を凝らしてその刀身を観察してみると、夜煌刀《やこうとう》のような静謐《せいひつ》なエネルギーが感じられるのだ。

とはいえ、あれが夜煌刀《やこうとう》であるとは思えなかった。

苦条《くじょう》ナナはそれらしき人間を連れていなかったのだ。

はたしてあの刀は何なのか……――

「に、兄さんには、手出しさせませんっ。私が相手ですっ」

「はあ？　どういうつもり？　馬鹿の考えることはよく分からないけれど――」

そこで骨瀞《ほねとろ》ペトラは何かに気づいたように窓の外を横目で見やる。

すぐに俺たちのほうへと視線を戻して笑った。

「まあいいわ。五月蠅《うるさ》い連中も来たことだし退いてあげる。……でもね、でも心に刻んでおくことよ？　一級神官・骨瀞《ほねとろ》ペトラの恐ろしさはこんなものじゃないわ。あたしが本気を出したら、どんなナイトログだって骨抜きになっちゃうんだから」

「ま、待て……」

「あらら？　待っていいの？　そんな状態であたしと戦う勇気ある？」

俺も苦条《くじょう》ナナも押し黙ってしまった。今の俺たちではあいつに敵《かな》うとは思えない。引き留めても自分の寿命を縮めるだけのように思われた。

骨瀞《ほねとろ》ペトラは窓ガラスに拳を叩《たた》きつける。

がしゃあああん……——と、粉々にガラスが砕け散った。指からぽたぽたと血が垂れるのも構わずに窓枠を踏み越えると、子供のように笑みを深めてこんなことを言った。

「じゃあね♪　お土産もゲットできたし、今日のところは許してあげるっ」

その姿が宵闇の中へと消えていった。

俺たちは氷に閉じ込められた化石のように沈黙した。嵐のような一幕だった。なすすべもなく蹂躙《じゅうりん》された恐怖と怒りが、頭の中をなみなみと満たしていく。遠くから警察車両のサイレンが聞こえてきた。あの襲撃者は騒動を嫌って早めに退散したのかもしれなかった。

その時、スマホがぶるぶると震えていることに初めて気づいた。

俺は震える手で応答した。

『——おい古刀《ことう》！　ノアもお前もさっきから電話かけてるのに何で出ないんだ！』

劉《りゅう》さんの怒鳴り声。それどころじゃないのだ。

「すみません。でも色々あって……」

『こっちも色々あったんだ！　どこぞのナイトログが殴り込んできたんだよ！　石木《いしき》のやつが攫《さら》われちまった……！』

スマホを取り落としそうになった。その大声は部屋中に響きわたったようで、襖《ふすま》のところにうずくまっていたカルネが「そんな」と顔を真っ青にした。

どうやら事態は悪い方向へ転がっているようだ。

□

警察に捕まる前に古刀《こ とう》家を出発した俺たちは、着の身着のままドラゴン亭に急行した。そうして目に飛び込んできたのは、見るも無残な破壊の痕跡である。

割れた皿、ひっくり返った椅子やテーブル、斬撃によって抉《えぐ》られた壁。

そして、石木《いしき》水葉《みずは》の姿はどこにもなかった。

「劉《りゅう》さん……⁉　水葉《みずは》は……水葉《みずは》はどこですか⁉　無事なんですよね……⁉」

カルネが血相を変えて劉《りゅう》さんに詰め寄った。

この場にいるのは――俺、ノア、カルネ、影坂《かげさか》、苦条《く じょう》ナナ。苦条《く じょう》ナナ以外は骨瀞《ほねとろ》ペトラによって大小の怪我《け が》を負っている。まさに満身創痍《そう い》だった。

劉《りゅう》さんは店の端っこの丸椅子に腰かけ、もくもくと煙草《た ば こ》の煙をくゆらせている。

その顔に浮かんでいるのは、仁王像のような怒りの表情だ。

「……無事じゃない。電話で言った通りだ」

カルネは言葉を失ってしまった。

骨瀞《ほねとろ》ペトラは古刀《こと》家の前にドラゴン亭を襲っていたのだ。あいつが去り際に言っていた「お土産」というのは、石木《いしき》のことだったのだろう。

「犯人は背が高くて意地の悪そうな女だ。宗教っぽい服を着ていたから、たぶん神官。何かの呪法《じゆほう》を使って店の中に入ってきやがった」

「劉《りゆう》さん。それは骨瀞《ほねとろ》ペトラというナイトログですよ」

「何だ、知っているのか」

ノアは指名手配書を片手に説明を始めた。影坂《かげさか》も夜煌刀《やこうとう》を奪われたこと、先ほど古刀《こと》家で悶着《もんちやく》があったこと、夜ノ郷《ナイトピア》で開かれる神託戦争《しんたくせんそう》のこと、攫《さら》われた夜煌刀《やこうとう》が優勝賞品として公開されていること——

劉《りゆう》さんはすべてを聞き終えると、「はあ」と溜息《ためいき》を吐《つ》いて頭を掻《か》いた。

「つまり骨瀞《ほねとろ》ってやつは、神託戦争《しんたくせんそう》の運営……もしくは運営の協力者ってことか？」

「は、はい。そうだと愚考します……」

苦条《くじよう》ナナがおずおずと言った。

「神託戦争《しんたくせんそう》を運営しているのは、常夜《とこよ》神《がみ》を祭る〝神殿〟です。そして骨瀞《ほねとろ》ペトラは、自分のことを一級神官だと言っていました。……ご、ご存知かと思いますが、神官っていうのは神殿に仕えている者の通称で……」

「ちょっと待ってくれ。そもそも神殿ってのは何なんだ？」

俺は疑問を口にした。影坂《かげさか》が「ハエのことよ」と憎々しげに答えてくれる。

「ハエ？　どういう意味だ？」

「虫のハエみたいな連中ってこと。夜ノ郷《ナイトピア》には常夜《とこよ》八十一爵《はちじゆういつしやく》っていう支配層がいるけれど、それとは別に宗教的権威を振りかざしている組織よ」

「影坂《かげさか》ミヤ、それでは説明不足ですよ。……神殿はその名の通り、常夜神《とこよがみ》を奉《たてまつ》る神殿を管轄している人たちのことです。ナイトログたちは常夜神《とこよがみ》を信仰していますから、基本的に逆らうことはできません。常夜八十一爵《とこよはちじゆういつしやく》であっても神殿の意思を蔑《ないがし》ろにすることはできないのだとか。お父様……いえ、夜凪《よなぎ》ハクトがよくぼやいていましたよ。神殿が領地の経営に口を挟んできて鬱陶しいって」

「ノアさんの言う通りです。だから……貴族は神殿を嫌ってるんです。苦条峠《くじようとうげ》もそうです。鬱陶しいのでハエって呼んでるみたいです。も、もちろん表向きは従いますけど……」

歴史の授業を思い出した。たとえば西ヨーロッパでは王侯貴族とキリスト教会が並立し、時には対立したと聞く。それと似たようなものだろう。

俺はカルネのほうをちらりと見た。

太陽のような元気さはどこへやら。枯れた花のように消沈してしまっている。

やるべきことは決まりつつあるようだ。

「……行くしかないな。夜ノ郷《ナイトピア》に」

「古刀《こ とう》さん……⁉」

　カルネがびっくりして振り返った。ノアも「当然です」と言わんばかりに力強い瞳で俺を見上げる。

「水葉《みずは》は助けなければなりません。大切な仲間ですから」

「ああ。さっそく出発を――わわっ」

「うあああっ……お二人とも……！　ありがとうございますぅっ……！　やっぱり持つべきものは信頼できる主人ですよねっ……」

　カルネが感極まって抱き着いてきた。ふわりとフローラルな香りがただよってドギマギしてしまう。ノアが「抱き着くなら私にしてください！」とカルネを引っぺがしていた。

　俺は心を落ち着けてから状況を分析する。

　石木《いしき》（と和花《のどか》）を助けるためには夜ノ郷《ナイトピア》に行かなければ始まらない。

　だが――神託戦争《しんたくせんそう》には参加するべきなのか、そうでないのか。

「……兄さん。夜煌刀《やこうとう》を取り戻したいのなら、真正面から挑むべきかなって思います」

「どうしてそう思うんだ？」

「も、もしかしたら兄さんは、神殿に忍び込んで優勝賞品を盗んでくるっていう選択肢を考えたかもしれませんが……それはあまりに危険すぎます。神殿の神官たちが強いのは当然ですが、彼らの倫理観はおかしいです。捕まったら何をされるか分かりません……」

「確かに骨瀞《ほねとろ》ペトラは尋常じゃない感じがしましたね」

ノアが畏怖するように震える。苦条《くじょう》ナナの言う通りだった。やつらは人を殺すことに躊躇《ちゅうちょ》しないタイプの殺人鬼だ。

「ですから、やはり神託戦争《しんたくせんそう》に参加するしか道がないと愚考します……」

「なるほど………」

カルネがうるうるした瞳で見上げてくる。

影坂《かげさか》も珍しく申し訳なさそうに俺を見つめた。

戦うのは嫌だ――なんて我儘《わがまま》を言える状況ではないようだ。骨瀞《ほねとろ》ペトラの狙いは夜煌刀《やこうとう》なのだから、放っておいても再び襲ってくるに決まっている。こちらから仕掛けてやるのも吝《やぶさ》かではない。

「……神託戦争《しんたくせんそう》に参加しよう。石木《いしき》たちを取り戻すために」

「はいっ。では出発の準備をしますね」

ノアがトテトテと二階へ上がっていった。

ふと苦条《くじょう》ナナが薄く笑ったような気がした。不審に思って二度見したが、その顔に浮かんでいたのは、いつも通りのオドオドした表情だけだった。

□

誘拐された僕たちは、異様にじめじめした監獄に放り込まれていた。

さっきからネズミがうろちょろしている。やつらがチュウチュウ鳴きながら駆け巡るたび、近くで背中を丸めている黒髪の少女が「ぴぃ！」と鳥のような悲鳴をあげた。

「な、なんて不衛生……！　掃除はしていないのかしら……」

「何言ってるんだよこんな状況で……」

「でも石木《いしき》さん。こんなところに放り込んでおくなんて失礼ですよね？　私たちって一応〝優勝賞品〟のはずなのに」

「強引に誘拐された時点で失礼ってレベル通り越してるだろ。やつらにとって僕らは人間じゃなくてモノなんだよ。箱とかに詰められなかっただけマシと思えば」

「うう……助けてくださいミヤさん………」

鉄格子《てつごうし》の内側には、僕と桜庭《さくらば》和花《のどか》を合わせて八人の人間がいる。

いずれも夜煌刀《やこうとう》狩りによって誘拐された夜煌刀《やこうとう》たちだ。ある者は項垂《うなだ》れ、ある者は不貞寝《ふてね》をし、またある者は正気を失ってしまったのか、石壁をガリガリと引《ひ》っ掻《か》いては奇声をあげている。

（最悪だ……）

溜息《ためいき》も吐《つ》きたくなる。ドラゴン亭に突如として現れたナイトログ——骨瀞《ほねとろ》ペトラ。僕は抵抗する間もなく誘拐されてしまったのだ。劉《りゅう》さんがフライパンを持って応戦したが、夜煌刀《やこうとう》を持ったナイトログに太刀打ちできるわけがない。

で、連れてこられたのが夜ノ郷《ナイトピア》の牢獄《ろうごく》。

すでに一夜が明けた、と思う。

周囲の環境は劣悪だ。提供される食事は豚のエサ（のようなもの）。温室育ちらしい和花《のどか》は昨日から「はやく帰りたいです」とめそめそ泣いていた。

看守に聞いた話によれば、僕たちは夜ノ郷《ナイトピア》で行われるバトル大会——神託戦争《しんたくせんそう》の優勝賞品なんだとか。迷惑すぎる。帰りたい。

「はあー……助けに来てくれるかなあ、カルネとノア」

「ミヤさんにも頑張ってほしいです。でも望みは薄いかも……」

「まーそうだよね。あんたのご主人様は夜煌刀《やこうとう》を奪われちゃったんだし。あと大怪我《おおけが》を負ったんだっけ？　今頃寝込んでるんじゃない？」

「いえ。それもありますけど、基本的にミヤさんって意気地なしですから。イキってる割に弱虫っていうか」

何でそんな遠慮のない言い方なんだ。

こいつが主人とどんな関係を築いているのか気になった。

もしかしたら仲良くなれるかも――そんなふうに好奇心を掻《か》き立《た》てられた時、鉄格子《てつごうし》の向こう側に人の気配した。

「こんばんはぁ。大人しくしていたかしら？」

捕らえられている夜煌刀《やこうとう》たちが静まり返る。

そこに立っていたのは、昨日ドラゴン亭をぐちゃぐちゃにして僕を攫《さら》った張本人――夜煌刀《やこうとう》狩りの骨瀞《ほねとろ》ペトラだ。相変わらずシスターみたいな真っ黒い衣装に身を包んでいる。

「あんたたちには神託戦争《しんたくせんそう》を盛り上げるために頑張ってもらうわ。ま、牢獄《ろうごく》でジッとしているだけでいいんだけどぉ」

牢獄《ろうごく》の中から悲鳴があがった。骨瀞《ほねとろ》の顔がトラウマになっている者もいるらしい。まあ無理もない、彼らは自分の主人を目の前で殺されたのだから。

僕は注意深く骨瀞《ほねとろ》を観察する。

その手に携えている夜煌刀《やこうとう》は二つ。きらきらと輝く宝物のような剣と、人を殺すことに特化したシンプルなロングソード。どちらも接続礼式《せつぞくれいしき》は済ませた抜き身の状態だ――つまりこいつは、二つの呪法《じゅほう》を自在に操るのだ。

そのうち一つは予想がついている。古刀《ことう》から「ボロボロの影坂《かげさか》が家に来た」という電話がかかってきた時、ノア、カルネ、苦条《くじょう》ナナの三人は古刀《ことう》家に急行したが、僕は「ゲームを中断したくない」という理由でドラゴン亭に残った。

だからなすすべもなく回収されてしまったわけだけれど――その際、やつは僕の身体《からだ》を剣の中に収納したのである。おそらくは物体を持ち運ぶための四次元ポケットみたいな呪法《じゅほう》であろう。

でももう一つは分からなかった。

どっちにしろ、この場でどうにかできる相手じゃない。

僕にできるのは、会話をして情報を引き出すことだけだ。

「……おい骨瀞《ほねとろ》。聞きたいことがあるんだけど」

「ん？　なあに？　今日は気分がいいから質問に答えてあげるわよ？」

「そりゃどうも。僕の使い手……火焚《ひだき》カルネはどうなった？　まさか殺しちゃったわけじゃないよね？」

「ああ……」

骨瀞《ほねとろ》はくすりと不気味に微笑《ほほえ》んだ。

「残念だけど殺せていないわ。あの後、あんたの持ち主のところへ行ったんだけど、邪魔が入って失敗しちゃったの」

ノアと古刀《ことう》がカルネを守ってくれたのだろうか。

「み、ミヤさんは……!?　影坂《かげさか》ミヤは無事ですかっ？」

「そうね。その辺りは取り逃がしてしまったわ。もうちょっと踏ん張れば殺せたかもしれないけれど、昼ノ郷《デイトピア》の警察にバレたらちょっと面倒なことになっちゃうからねえ。殺さなくちゃいけないのに……優勝賞品としての夜煌刀《やこうとう》はまっさらなほうが好ましいから」

「ノアたちはどうしてるの？」

「さあ？　神託戦争《しんたくせんそう》に参加するんじゃない？　ああでも、そうなった場合は殺せないわねえ。運営が参加者を手にかけちゃマズイもの。終わってから殺すか……それとも参加申し込みをされる前に殺すか……」

ブツブツと呟《つぶや》く骨瀞《ほねとろ》。

さすがに僕は焦《あせ》った。

「あ、あのさ。さっきから殺す殺すって野蛮すぎでしょ。話し合いで解決したほうがお互いのためだと思うんだけど——」

「うるせえ‼　考えてるのに話しかけんじゃねえッ‼」

がしゃあん‼——骨瀞《ほねとろ》が鉄格子《てつごうし》を刀で切りつけた。

切断されることはなかったものの、巨大な金属音が反響して囚《とら》われの夜煌刀《やこうとう》たちが悲鳴をあげた。

「誰を殺そうがあたしの自由だろうが！　あたしは常夜神《とこよがみ》から認められた一級神官！　枢機卿《すうききょう》になる資格だってあるんだよッ！　たかが夜煌刀《やこうとう》の分際で口出しするなら骨抜きにする

ぞ！」

「ごめんて。僕はそんなつもりじゃ……」

僕は慌てて宥《なだ》めようとした。

が、肩口に鋭い痛みを覚えて硬直してしまった。

おそるおそる視線を下に向けてみる。

細い針のようなものが、Tシャツを突き破って皮膚に突き刺さっていた。

「う……あ……」

「い、石木《いしき》さん？　あれ……血が……？　いったいどういうこと……!?」

和花《のどか》が駆け寄ってくるのを視界の端に捉えつつ、僕はどさりとその場に崩れ落ちた。

からくりが分からない。おそらく予想をしても意味はない。これは呪法《じゅほう》による攻撃だ。どうやっても防ぐことはできなかった――

「――あはははははは！　ざまあないわ！　……いーい？　今後少しでもあたしに逆らう素振りを見せたら、そこの小娘みたいに串刺しにしてあげるわ。痛い思いをしたくなかったら、従順で勤勉な召使いのように振る舞うことね」

殺人シスターは馬鹿のように哄笑《こうしょう》した。

意識が朦朧《もうろう》としてくるのを感じる。突き刺さった棘《とげ》から何かが身体《からだ》の中に入り込んでくる気配がした。何かよくないものが。得体の知れないエネルギーが……しかしその正体を突き止めることはできなかった。
和花《のどか》に揺さぶられているうちに、意識が途絶した。

2　神託戦争《しんたくせんそう》

影坂堂《かげさかどう》が管轄する〝昼扉《ひるとびら》〟――夜ノ郷《ナイトピア》につながるゲートを潜《くぐ》った俺たちは、よく分からない荒地のような場所に到達した。そこから影坂堂《かげさかどう》が用意してくれた馬車に揺られること約一日、ようやく目的地へと到着する。

神託戦争《しんたくせんそう》が行われる大都市〝ヨルトナ〟である。

街灯に照らされ、古めかしいヨーロッパ風の街並みが輝いている。

巨大な往来を行き交っているのは人の群れ。

否《いな》、ナイトログの群れ。

どこからともなく祝砲のような音が響き、ナイトログたちの歓声があがった。

「……前も思ったけど、異世界に転移したような気分だな」

「異世界ですからね。……あ、見てください逸夜《いつや》くん。たくさん露店が出ていますよ。何か買いたいものとかありますか？」

「通貨ってどうなってるんだ？」

「夜ノ郷《ナイトピア》用のものがありますが、日本円も使えるはずです」

ノアがそのへんの露店で串焼きを買ってきた。イモリのような変な生き物が串刺しになっている。はたしてこれは食い物なのだろうか。

「……何これ？」

「とても美味《おい》しそうです。どうぞ逸夜《いつや》くん。はい、あ、あーん……」

「……だから何これ⁉」

必死に「あーん」しようとしてくるノア。

俺が恐怖して後ずさった瞬間、影坂《かげさか》がぱくりと串焼きに食らいついてしまった。

むしゃむしゃとイモリ（？）を貪る影坂《かげさか》。

ノアが「あああ！」と悲劇的な悲鳴をあげた。

「何するんですか！　逸夜《いつや》くんに食べさせてあげようと思ったのに！」

ごくんと呑《の》み込んで、

「そんなことしてる場合じゃないでしょうが！　はやく神託戦争《しんたくせんそう》の受付をしなさいっ！」

「そ、それは分かってますけど。適度にリラックスしたほうが結果を出せると思いまして……だって戦うのなんて久しぶりですし。ねえ逸夜《いつや》くん？」

「それはそうだがさっきの串焼きは何だったんだ」

「あ、えっと、お祭りだからだと愚考します……」

苦条《くじょう》ナナがきょろきょろしながら言った。

「普段、この辺りは厳粛な雰囲気のメインストリートです。ヨルトナは神殿が管理している街ですから……でも今日は神託戦争《しんたくせんそう》前のお祭りで、露店とか祝砲で賑《にぎ》わっているのは、そういう理由かと……」

「いやそうじゃなくて」

「ノア様！　そこの看板に案内が出てますよ！　受付はあっちだそうですっ」

カルネがノアの服を引っ張っていた。ちなみにパーティーメンバーは俺、ノア、影坂《かげさか》、苦《く》条《じょう》ナナ、カルネの五人。

劉《りゅう》さんは「戦えないやつが行っても仕方ないだろ」と渋い顔をしていたが、カルネと影坂《かげさか》は忠告を無視して無理矢理ついてきた。特に影坂《かげさか》は大怪我《おおけが》をしているので心配である。

「そうですね。水葉《みずは》が心配なので急ぎましょうか」

「お願いしますっ！　ほら古刀《ことう》さんも！」

「あ、ああ」

カルネは有無を言わさぬ勢いで俺を引っ張っていった。

結局、串焼きの正体は分からずじまいだった。

□

まるでローマのコロッセオのような闘技場である。しかし俺たちがまず向かったのは、併設された城のような建物だった。参加登録はこっちで行われるらしい。

建物の内部は赤い瞳を持つナイトログでごった返していた。

本当にお祭りのような雰囲気だ。アイスやポップコーンを売る者、賭博《とばく》を取り仕切る者、それに群がる者、何故《なぜ》か殴り合いのケンカをしている男たち。

壁に貼られた〝優勝賞品リスト〟には石木《いしき》や和花《のどか》の顔もあった。なんとも胸の悪くなる光景である。

「ノア様！　あっちのカウンターみたいです！　どうかご武運をっ」

「私は対戦カードを見てくるわ。逸夜《いつや》、絶対に勝ちなさいよ！」

影坂《かげさか》とカルネに見送られて受付のほうへと向かう。

列をなしているのはナイトログと夜煌刀《やこうとう》のペアばかりだった。

ノアによれば、ナイトログの全員が夜煌刀《やこうとう》を持っているわけではないらしい。むしろ夜煌錬成《やこうれんせい》の使用を許可されているのは常夜八十一爵《とこよはちじゅういっしゃく》とその眷属《けんぞく》に限られるそうだから、ここに集まっているのは夜ノ郷《ナイトピア》でも有数の名士たちなのだろう。

そこでふと気づく。ナイトログたちがチラチラと視線を向けてくるのだ。

「何だ？　見られているような気が……」

「そ、それはきっと兄さんが素敵だからだと思いますっ」

苦条《くじょう》ナナが俺の服の裾をつまんで言った。

「兄さんの姿形は夜ノ郷《ナイトピア》じゅうに知らされているんですよ？　ステージ0なのに最強の呪法《じゅほう》を持つ夜煌刀《やこうとう》だって……えへ、何だか鼻が高いですね」

「何で苦条《くじょう》さんが得意げなんですか。逸夜《いつや》くんは私のモノなんですからね」

「俺の顔も出回っているのか？　指名手配書みたいに……？」

「はい……素敵なので当然だと思いますっ。そんな兄さんを使えるのが楽しみです」

言われて思い出した。

神託戦争《しんたくせんそう》は二人のナイトログがペアを組んで挑まなければならないのである。しかもお互いの夜煌刀《やこうとう》を交換するという不思議な特殊ルールまで制定されていた。

「……苦条《くじょう》さん。言っておきますが、逸夜《いつや》くんを使うことは許しませんからね」

「え、え、え……？　でも交換しなくちゃ参加登録もできないんじゃ……？」

「そのままでも参加できないか相談してみます。そもそも自分の夜煌刀《やこうとう》を他人に貸すなんて倫理的におかしな話ですから……」

「それは無駄だ」

突如として低い声が降ってきた。

背後に立っていた人物を見て夢かと思ってしまった。

スーツ姿と特徴的な坊主頭《ぼうずあたま》――かつて俺たちを黄金の右腕で追い詰めたナイトログ、骸川《むくろがわ》ネクロがこちらを見下ろしていた。

「骸川帳《むくろがわちょう》……！　何故《なぜ》ここにいるのですか⁉」

ノアが血相を変えて臨戦態勢をとる。

苦条《くじょう》ナナが「ひゃああ」と悲鳴をあげて俺の背後に隠れてしまった。そういえば、こいつは骸川《むくろがわ》に殺された経験があるのだ。

「そう警戒するな。六花《ろっか》戦争《せんそう》は終わった。お前たちと敵対する理由はない」

骸川《むくろがわ》はしれっとそんなことを言う。

だが俺は警戒を緩めずに骸川《むくろがわ》を見上げた。

「信じられるかそんなこと。殺生《せっしょう》が嫌いだとか言っておきながら、お前は人を殺しまくっていたじゃないか」

「そうです！　逸夜《いつや》くんにひどいことをしたのは許してないんですからね」

「そうですそうですっ……！　ま、また首を捥《も》がれたくは、ありませんっ……」

骸川《むくろがわ》は「処置なし」と言わんばかりに嘆息する。

「仕方がない。元よりお前たちと仲を深めようなどとは思っていないのだ。我々の関係はこの殺伐とした調子がいちばんよかろう」

「……お前はここで何をしているんだ？」

「もちろん衆生安寧《しゅじょうあんねい》のため」

「もっと分かりやすく白状してくださいっ！」

「拙僧も神託戦争《しんたくせんそう》とやらに参加してみようかと思ったのだ。神殿が何やら悪事を企てていると
いう噂《うわさ》があるからな」
悪事を企てているのはお前なんじゃないのか——と言いたくなったが口を噤《つぐ》んだ。
俺の内心を察したのか、骸川《むくろがわ》は「他意はない」というふうに首を振る。
「目的はお前たちと同様。知り合いのナイトログが殺されて夜煌刀《やこうとう》を奪われたのだ。そこに貼
ってある〝優勝賞品リスト〟に顔見知りの夜煌刀《やこうとう》が載っている。まったく、神殿の連中は昔か
ら外道《げどう》を直走《ひたはし》っているから始末に負えんな」
「そうなのか？　じゃあお前も……」
「否《いな》。拙僧は参加しない。参加しようと考えたができない。二人一組と言われては敵《かな》わん。ま
してや夜子《よるこ》を一時的にとはいえ他人に預けるなど……」
「夜子《よるこ》……？」
骸川《むくろがわ》の背に隠れるようにして女の子がいる。年の頃は十二、三。その金平糖のような瞳が、
こちらをじーっと見つめていた。
あれは夜煌刀《やこうとう》だ。俺やノアを散々に痛めつけた物騒な独鈷杵《とっこしょ》。
骸川《むくろがわ》が死にかけていた時に、この人間形態も見かけた記憶がある。
「拙僧は裏から調査する。何か用事があったら連絡してくれ」
そう言って紙切れを渡してきた。十一ケタの電話番号が記されている。

「言われなくても承知しているとは思うが、神殿が擁する神官どもはならず者の外道《げどう》。やつらは常夜神《とこよがみ》の力を利用して悪事を働いているのだ。骸川帳《むくろがわちょう》の調査によれば、連中は特殊な夜煌刀《やこうとう》の研究をしているらしい」

「何だそれ」

「夜煌刀《やこうとう》には複数の種類があるということだ。拙僧は無知蒙昧《むちもうまい》ゆえ軽率な発言は控えるが——お前には身に覚えがあるのではないかね、古刀逸夜《ことういつや》よ」

意外な情報をもたらされて瞠目《どうもく》してしまった。

そうだ。俺は夜煌刀《やこうとう》でありながらナイトログの性質も持っている。

神殿を調査すればその正体が分かるのだろうか。

「怪しいです。どうしてあなたはそんなにべらべらと情報を教えてくれるのですか。六花戦争《ろっかせんそう》では殺し合った仲なのに……」

「礼を尽くすのは当たり前だ。お前たちは夜子《よるこ》と拙僧の命を救ってくれたのだから」

「え？」

「せいぜい取って食われぬように気をつけたまえ」

骸川《むくろがわ》はそれだけ言って去っていった。夜子《よるこ》が最後まで俺のことをじーっと見つめていたが、何を考えているのか微塵《みじん》も分からなかった。

俺は苦条《くじょう》ナナのほうを振り返る。

「あいつの言っていたことは本当なのか？　神殿が夜煌刀《やこうとう》の研究をしているって……」

「ふぇ⁉　あ、は、えっと……その可能性もありますねっ。神殿は夜ノ郷《ナイトピア》における技術の最先端を走っていますから、まあ、そういう夜煌刀《やこうとう》を開発していてもおかしくないっていうか……と愚考しますっ」

何故《なぜ》そんなに慌てているのだろうか。いずれにせよ、この神託戦争《しんたくせんそう》というイベントは、単なるバトル大会ではないのかもしれない。

□

「全国津々浦々からお越しの皆様、よくぞ神託戦争《しんたくせんそう》に参加してくださいました。神殿は諸手《もろて》を挙げて歓迎いたします。私の名前は闇条《あんじょう》メドウ――東方常夜《とうほうとこよ》神殿《しんでん》の司教であり、このイベントを企画させていただいた者です」

闘技場のステージで男が声を張り上げている。聖職者じみたローブに身を包み、ぎょろぎょろした紅色の瞳で客席を見渡していた。

男――闇条《あんじょう》メドウは、訴えかけるように言葉を続ける。

「我々は常々考えていたのです。ナイトログは闘争本能によって彩《いろど》られる存在。だというのに公的な戦争のいかに少ないことか！　年に一回行われる六花《ろっか》戦争《せんそう》だけでは足らないでしょう？

これが神託戦争《しんたくせんそう》を企画した理由に他なりません！」

客席が大いに沸騰した。隣の苦条《くじょう》ナナが「ひゃあ」と肩を震わせた。俺たちの周囲でもナイトログたちが大騒ぎをしているのだ。

「さあ！　ナイトログの皆様！　どうか存分に殺し合ってください！　そうであってこそ常夜《とこよ》神《がみ》はお喜びになるでしょう――つまりこれは神に捧《ささ》げる聖戦でもあるのです！　もちろん遠慮などいりませんよ！　初戦は明日、素晴らしい戦いの数々が見られることを楽しみにしております！」

闇条《あんじょう》メドウはそう締めくくって去っていった。

ナイトログたちの熱気はとどまるところを知らない。

拍手喝采はもちろん、口笛を吹く者、興奮のあまり飛び跳ねる者、夜煌錬成《やこうれんせい》を発動して暴れ回る者――無法地帯という言葉がしっくりくるような有様《ありさま》だった。

俺たちは現在、神託戦争《しんたくせんそう》の開会式に出席させられていた。

この手のイベントには堅苦しい式典がつきものだが、それは夜ノ郷《ナイトピア》でも同じらしかった。もちろん乗り気ではなかったが、出席を運営に強制されたので仕方がない。

ノアがきょろきょろしながら言った。

「すごい人数ですね。参加者はたぶん五百人くらいいるんじゃないでしょうか」

「こいつら全員夜煌刀《やこうとう》を持ったナイトログなんだよな？　夜煌刀《やこうとう》って貴族しか持てないんじゃ

なかったっけ？　貴族ってそんなにいるのか？」

「分家を含めればたくさんいますからね。それよりも――」

ノアがキッと険しい目で苦条《くじょう》ナナを見つめた。怖そうな顔を作ろうとしているのにあんまり怖くないのはご愛敬《あいきょう》。

「逸夜《いつや》くんに変なことをしないでくださいね。傷物にしたら承知しませんから」

「は、はいっ。それはもちろん……兄さんは大切にします」

「むう……」

ノアは不服そうだった。

先ほど参加登録をする際、夜煌刀《やこうとう》を交換する旨《むね》もきちんと宣誓させられたのだ。

つまり俺は苦条《くじょう》ナナの武器となって戦うことを余儀なくされている。

俺としても不服だが、そういうルールなので受け入れるしかない。

一方、苦条《くじょう》ナナからノアに引き渡された夜煌刀《やこうとう》はといえば――

「えっと……では、これをお渡ししておきますので。大事に使ってください……」

「だから何なんですかこれは……」

「泥刀《どろがたな》ですっ！　苦条峠《くじょうとうげ》が開発した人間ではない夜煌刀《やこうとう》」

苦条《くじょう》ナナは泥団子のような謎の物体を取り出した。

ノアは不審そうにそれを睨《にら》む。

「……泥刀《どろがたな》なんて聞いたことありません」

「それは非公開でしたから……で、でも、六花戦争《ろっかせんそう》でもそれを使ってたんですよ？　あまりに脆《もろ》いので骸川帳《むくろがわちょう》にやられちゃいましたけど」

「脆《もろ》いんですか……⁉」

「だ、だだだ、大丈夫ですっ。ノアさんみたいに強い人が使えば強いはずですっ」

「いえ、強い人とか言われても困ると言いますか」

「あ、そうだ」

苦条《くじょう》ナナはぽんと手を叩《たた》き、

「さっそく試してみませんかっ⁉　戦いが始まるのは明日です。準備必須です。あっちのほうに空き地があったはずなので行きましょう……！」

ノアは心底嫌そうな顔をしていた。しかし石木《いしき》や和花《のどか》を取り戻すと決めた以上、勝つための準備は怠ってはならないのだ。

俺はちらりと苦条《くじょう》ナナの様子をうかがった。

何故《なぜ》か顔を真っ赤にして俺を見つめている。先行きが不安すぎる。

□

開会式はつつがなく終了した。

俺たち三人は闘技場を出発し、少し離れたところにある公園へと足を運ぶ。

煌《きら》びやかな街灯に浮かび上がっているのは――優雅な噴水、色とりどりの花（どうして常闇《とこやみ》の世界で咲けるのかは不明だが）。そして美味《おい》しそうな香りをただよわせる露店の数々だ。

看板には『ヨルトナ最大の憩いの広場』と書かれている。

が、どこを見渡してもナイトログで大混雑だった。

「そういえば、カルネたちはどうしたんだ？」

「あの二人は斥候をしています。私たちについていてもやることはありませんから」

「大丈夫かよ……」

「大丈夫だと思いますよ。カルネは冷静な判断ができる子です。それに影坂《かげさか》ミヤだって馬鹿じゃありませんから、いきなり敵の本拠地に忍び込むなんて真似《まね》はしないでしょう」

あいつらは夜煌刀《やこうとう》を持っていないのだ。

無理をしてほしくない気持ちはあるのだが。

ノアは「それよりも」と苦条《くじょう》ナナを見つめた。

その手には例の泥団子が握られている。

「これはどうやって使うのですか？　まさか接続礼式《せつぞくれいしき》をするわけではありませんよね？」

「あ、たぶん念じればいけると思います……夜素《やそ》を注入すれば」

夜素《やそ》？――という俺の疑問を察したらしい。

ノアが俺のほうに向き直り、

「夜素《やそ》とはナイトログに備わっているエネルギーのことです。たとえば夜煌錬成《やこうれんせい》をした後、逸《いっ》夜《や》くんの身体《からだ》は真っ黒い宵闇に変換されると思いますが、あれも夜素《やそ》です。私の身体《からだ》から流れてきたエネルギーに包まれているわけですね」

ファンタジーによくある魔力みたいなものだろうか。

「なので夜素《やそ》を注入するのは分かるのですが……そもそも何で苦条《くじょう》さんはこんなモノを使っているのですか？」

「あ、それは……」

苦条《くじょう》ナナはいっそうしどろもどろになった。

「私って落ちこぼれで。今まで一回も夜煌錬成《やこうれんせい》を成功させられた試しがなくて……だからお父様にめちゃくちゃ怒られて。お、お前みたいなクズは、これでも使ってろって、その泥刀《どろがたな》を渡されたんです。苦条峠《くじょうとうげ》の嫡流が自分で夜煌刀《やこうとう》をゲットできないのは、恥、ですから……恥を隠すために。だからパートナーが見つかるまでは、手放しちゃいけないんです」

「そ、そうだったんですか……」

ノアの瞳に同情の色が宿った。鏡を見ている気分になったのかもしれない。ノアも幼い頃から夜煌刀《やこうとう》を見つけられずに苦労したのだ。

「それを俺たちに話してしまっていいのか？　よく分からないが恥なんだろ？」

「えへ……どうしてでしょうね……神託戦争《しんたくせんそう》で一緒に戦う、仲間、だからでしょうか……」

その瞳は前髪に隠れて見えない。しかし耳まで茹蛸《ゆでだこ》のようになっている。ノアが「分かりましたっ」と力強く頷《うなず》いて、

「そういうことなら私は泥刀《どろがたな》に甘んじましょう。試しに夜素《やそ》を注入してみます」

ノアはそう言って掌《てのひら》の泥団子を睨《にら》みつけた。

途端に泥団子の輪郭がぶれる。あっという間に真っ黒い闇となって広がっていく。ノアはその闇の中に手を突っ込むと、何かをぎゅっと握りしめ、一気に引き抜いて……――

「む。逸夜《いつや》くんよりも軽いですね……」

すぽりと手に収まったのは、何の変哲もない木刀だった。

苦条《くじょう》ナナが骨滯《ほねとろ》の攻撃を防いだ時に使っていたものである。

ノアをそれをぶんぶん振り回し、「軽い」だの「脆《もろ》そう」だのと微妙な顔で呟《つぶや》いている。

「……苦条《くじょう》さん、泥刀《どろがたな》に呪法《じゅほう》は備わっていますか？」

「い、いいえ。ありません。ナマクラよりは斬れる、準・夜煌刀《やこうとう》といった感じなので」

確かに泥刀《どろがたな》には夜煌刀《やこうとう》特有の禍々《まがまが》しさが感じられなかった。

本当にただの刀なのだろう。

「そ、それよりも……あの、兄さんを使ってもいいですか？」

「！」

ギギギギ……――とぎこちない動作で振り返るノア。

顔に「イヤです」と書いてある。

だが泥刀《どろがたな》を借りた手前、許可しないわけにはいかない。

「……悪用しませんか？」

「しませんっ」

「粗末に扱ったりしませんか？」

「しませんっ……」

「舐《な》めるのも厳禁ですからね」

「し、しませんよ、そんなこと……！」

「……分かりました。これは仕方がないことですからね。認めてあげます。しぶしぶですけれど。本当にしぶしぶですけれど。……ああでも、逸夜《いつや》くんの許可はもらわなければいけませんよ？　ナイトログの都合で夜煌刀《やこうとう》を振り回すのはよくないですから」

「俺は構わない」

ノアがずっこけた。すぐに立ち上がって詰め寄ってくる。

「い、逸夜《いつや》くん！　もうちょっと悩んでください！」

「もう決めたことだ。石木《いしき》たちを助けるためには避けては通れない道だしな」

「そ、そうですけどぉ……」

「ありがとうございますっ。さすがです兄さん……！」

苦条《くじょう》ナナは飛び上がって微笑《ほほえ》みを浮かべた。前髪の奥の瞳が見えてちょっとドキリとする。

キラキラと輝く瞳――想像の十倍くらい喜んでいる様子だった。

「あの。接続礼式《せつぞくれいしき》をしてもいいですか……？」

「あ、ああそうか。しなけりゃ夜煌刀《やこうとう》にできないもんな……」

ナイトログは人間を夜煌刀《やこうとう》の形態に変換する際、所定の儀式を行わなければならない。

たとえばノアの場合は『自分の歯で皮膚を破って三秒以上血を吸うこと』。

影坂《かげさか》の場合は『複数のウサギのぬいぐるみで対象範囲を囲うこと』。

「苦条《くじょう》さん。あなたの接続礼式《せつぞくれいしき》はどんなものなのですか」

「あ、あ、えっと、それは」

わずかに言葉を詰まらせる。視線を逸《そ》らして苦条《くじょう》ナナは告げた。

「夜煌刀《やこうとう》の人に……ぎゅっと抱きしめてもらうことです」

「は？」

ぎゅっと——何だって？

そんな接続礼式《せつぞくれいしき》が本当にあるのか？

「だ、だから、抱きしめてもらうことですっ。寝る時にぬいぐるみを抱きしめるようにしていただければよろしいかと愚考します…………」

「待ってください！　何で逸夜《いつや》くんがそんなことをする必要があるんですか⁉」

「え、え？　だって接続礼式《せつぞくれいしき》をしなくちゃだし」

「それはそうですけど！　抱き着くって、そんなの聞いたことありませんっ」

「そ、それは常夜神《とこよがみ》様に言っていただけると助かるなと思う次第でありまして……！」

接続礼式《せつぞくれいしき》の手法は常夜神《とこよがみ》から示唆されるのだ。

思い返してみれば、俺も夜煌錬成《やこうれんせい》を発動する直前に自然と理解していた。

ノアの血を舐《な》めれば刀にすることができるのだという知識が、濁流のごとく頭に横溢《おういつ》していったのである。これは絶対不変の真実なのだった。

「で、でも、冷静に考えてみれば、白昼堂々そういうことをするのは恥ずかしいですね……ホテルとかでこっそりやったほうが」

「駄目です。やめてください。私が許しません」

「わぁごめんなさいっ！　そうですよねそうですよね、抱き着くなんて非常識ですよね……兄さんも迷惑に決まっていますよね。私ったら何を言ってるんだろう……」

苦条《くじょう》ナナは可哀想《かわいそう》なくらい慌てふためいていた。

常夜神《とこよがみ》が何を思ってそんな手法を設定したのかは知らないが、それ以外に方法がないのであれば仕方がない。

俺は狼狽《うろた》えている苦条《くじょう》ナナにゆっくり近づいていき……——

「後で訴えたりするなよ」

「え？　あ、それはもちろん……え？　ふぁ……」

そのまま強引に抱き寄せた。ノアが「ああああ！」と猫の断末魔みたいな叫びを漏らす。

腕の中の苦条《くじょう》ナナは背筋に針金を入れられたかのように硬直。予想外の柔らかさに気恥ずかしさを覚えながら、俺はぎこちなく問いかける。

「こ、これでいいのか……？」

「逸夜《いつや》くん！　逸夜《いつや》くん！　逸夜《いつや》くん！」

「ひゃ、ひゃい……あの、えっと、いいと思います……もうちょっと……もうちょっとで何かが来る気がしますっ……」

「逸夜《いつや》くん！　逸夜《いつや》くん！　逸夜《いつや》くん離れてくださいっ！」

ノアが引っぺがしにかかる。しかしそれよりも早く夜煌錬成《やこうれんせい》が発動した。俺の身体《からだ》は一瞬にして宵闇へと変化していく。苦条《くじょう》ナナが慌てて俺の中心部へ腕を突っ込んだ。心の核を握りしめられるような感覚。

直後、それが一気に引き抜かれていった。

「あ、ああ……！」

ノアの絶望的な表情を視界の端に捉えながら、俺は自らの身体《からだ》が刀剣へと変化したのを自覚する。柄《つか》の部分は苦条《くじょう》ナナの小さな手に包まれ、彼女の熱がじんわりと伝わってくるのが分かった。

「こ、これがっ、夜煌刀《やこうとう》……なのね……！」

《本当に発動できるなんて。ノア以外のナイトログが……》

「常夜神《とこよがみ》様がそういうルールに設定してくださったんですっ。あは、あはは、とっても素敵な握り心地……さすが兄さん……」

聞くだに妙な話だが、常夜神《とこよがみ》は夜煌錬成《やこうれんせい》のルールすら書き換える力を持っているのだ。

受付の説明によれば、神託戦争《しんたくせんそう》への参加登録をしたナイトログのペアは、ヨルトナの範囲においてお互いの夜煌刀《やこうとう》を扱うことが許されるのである。

新しいペア。パートナー。臨時ではあるが、俺はこの少女とともに戦争を戦い抜かなければならないのだ。ところが――

《おい……大丈夫か？》

「ふへ。ふへへへ……あれ？　涙が……」

苦条《くじょう》ナナはぽろぽろと涙をこぼしていた。俺を握る手がぷるぷると震え、ついに堪《こら》えきれなくなったのか、わあわあと大泣きする。

さすがに慌ててしまった。絶望していたノアも困惑して彼女の背中をさする。

「ど、どうしたのですか？　どこか痛いところでもあるのですか……？」

「い、いえ、違うんです……今までずっと夜煌刀《やこうとう》を握ることなんてできなかったから……感激してしまって。これで家族に認めてもらえるかもって……」

「…………」

ノアが胸を打たれたように瞠目《どうもく》していた。それはかつてノアが抱いていた願いとまったく一緒である。ナイトログの貴族は落ちこぼれに厳しいという話だから、苦条《くじょう》ナナも相当の苦労を強いられてきたに違いない。

今、正式なものではないにしろ、長年の悲願が果たされたのだ。

泣いてしまう気持ちも分からないではなかった。

「家族と仲良くするのは大事ですからね。……苦条《くじょう》さん、力を合わせて神託戦争《しんたくせんそう》を勝ち抜きましょう。そうすれば、きっと苦条峠《くじょうとうげ》の皆さんも見直してくれますよ」

「は、はい。ありがとうございます……頑張りますっ」

苦条《くじょう》ナナは晴れやかな笑みを浮かべた。

ノアもその境遇に思うところがあったのか、彼女のことを許容してくれたようである。これならわだかまりもなく神託戦争《しんたくせんそう》に挑むことができるだろう。

そこで俺はふと疑問に思い、苦条《くじょう》ナナの顔を見上げる。
こいつの目的は――俺を夜煌刀《やこうとう》にして使ってみること。そして神託戦争《しんたくせんそう》を勝ち抜いて家族に認めてもらうこと。今のところはそう考えておいて問題ないのだろうか。

□

夜になった。

といっても夜ノ郷《ナイトピア》は常闇《とこやみ》の世界だ。外の景色に変化はなく、時計の針が夜の七時を指しているというだけ。ヨルトナの活気はどんどん弥増《いやま》し、そこかしこからどんちゃん騒ぎの音が聞こえてくる。

宿でチェックインを済ませた俺たちは、一階のラウンジで作戦会議をしていた。

この場にいるのは――俺、ノア、カルネ、影坂《かげさか》、苦条《くじょう》ナナの五人。

「初戦の相手について情報を収集してきました！　名前は〝咎峰《とがみね》トリカ〟と〝負田《まけた》パト〟ですね」

カルネが言い聞かせるように人差し指を立てる。

「分かっていることは彼らが常夜《とこよ》八十一爵《はちじゅういっしゃく》の分家出身だということ。だからといって侮《あなど》ってはなりませんよ？　ナイトログなんて、どいつもこいつも戦闘馬鹿のバーサーカーなんですか影坂《かげさか》はポテトチップスをむしゃむしゃと食べている。往来の露店で売っていたものだ。

夜ノ郷《ナイトピア》には昼ノ郷《デイトピア》の商品もある程度流通しているらしい。

「やつらは夜煌刀《やこうとう》を一振りずつしか持っていない。その呪法《じゅほう》は『物体の動きを加速させる能力』、『一瞬だけ眩《まばゆ》い光を発する能力』。気をつけてさえいれば楽勝ね」

「どこでそんな情報を仕入れたんだ？」

「本人たちの訓練風景を覗《のぞ》き見《み》したのよ。あと連中を知っているナイトログに金を渡して情報を教えてもらったの」

狡《ずる》いことをする。しかし生き残るうえでは有効な戦略だった。

ノアが「でも」と不安そうに眉をひそめ、

「向こうもこっちの戦力を把握しているんじゃないですか？　逸夜《いつや》くんの【不死輪廻《ふしりんね》】のこともバレてるかも……」

「バレて何か問題あるの？　対策しても無駄ってくらいのチート能力じゃない」

「……まあそうですね。逸夜《いつや》くんは最強ですからね」

「おい。油断すんなよ」

「ノア様も心配ですが、私としては苦条《くじょう》さんも心配ですよ。いくら〈夜霧〉が破格の力を宿しら」

「呪法《じゅほう》も筒抜けなんだし対処は簡単でしょ」

ているからといっても、使うナイトログにやる気がなければ意味はありませんから」

「そうよ！　あんた、逸夜《いつや》をしっかり使いこなせるの⁉」

「ひい⁉」

急に注目を浴びた苦条《くじょう》ナナが飛び跳ねた。

もそもそと食べていた鯛焼《たいや》きを皿の上に取り落としてしまう。

「……わ、私は、可能な限りっ、頑張りたいと愚考しているところでありますっ！」

「それならいいけど。……でもあんた、夜煌錬成《やこうれんせい》は使えたの？」

「あ、はい。昼間に兄さんを刀にして握ってみました。ぴったりフィットです……」

「この泥棒猫〜っ！　私ですらまだ逸夜《いつや》を握ったことないのにっ！」

「きゃあああっ」

影坂《かげさか》が苦条《くじょう》ナナの髪をわしゃわしゃとかき回す。仲良くなったようで何よりだった。ノアが落ち着いた様子でティーカップに口をつけ、

「騒がしいのでやめてください。それよりも今は神託戦争《しんたくせんそう》について考えましょう。明日どんなフォーメーションで動くか打ち合わせしておくべきですよ」

「そりゃもちろん苦条峠《くじょうとうげ》が先頭に立つのよ。【不死輪廻《ふしりんね》】があれば何回斬られたって復活できるからね、肉壁にちょうどいいわ」

「肉壁……⁉　そ、そそ、それはちょっと……」

「これに関しては影坂堂《かげさかどう》の言う通りですねえ。ノア様に泥刀《どろがたな》なんていうナマクラ同然のブツを使わせるんですから、それくらいの代償は覚悟していただかないと」

「カルネ、苦条《くじょう》さんにそこまでしてもらうわけには……」

「いいえノア様！　使えるモノは何でも使わないと、ですよ！」

苦条《くじょう》ナナは真っ青になってぶるぶる震えていた。ちょっと可哀想《かわいそう》な気がしなくもないが、ノア曰《いわ》く、【不死輪廻《ふしりんね》】が発動している状態で傷を負っても痛みはそれほど感じないらしい。

ノアのためにも頑張ってもらうしかなかった。

逃げ場がないことを悟ったのか、苦条《くじょう》ナナは「分かりました……」と頷《うなず》いて、

「の、ノアさんを、守れるように頑張ります……」

「負けたら殺すわよ？　和花《のどか》の命はあんたにかかってるんだからね」

「ひぃいいいっ」

「それはそうと喉が渇いたわ～。苦条峠《くじょうとうげ》、飲み物買ってきなさいよ」

「ひぃいいっ」

イジメの現場を目撃している気分になった。

あろうことかカルネも同調して「私はサイダーで」などと言い出す。

「わ、分かりましたっ！　では買って参りますっ……！」

「早くしなさいよね。五分以内に帰ってきたら私のポテチを恵んであげるわ」

「はいっ」

苦条《くじょう》ナナは慌ててラウンジを去っていった。ノアが不服そうに影坂《かげさか》を睨《にら》む。

「どうしてつらく当たるのですか。私たちは同じ目的を持った仲間なのに……」

「あんた、どこまで甘々なら気がすむのよ？　あの小娘に心を許しちゃ駄目でしょ」

「意味が分かりません」

「これも影坂《かげさか》ミヤの言う通りですよ。苦条峠《くじょうとうげ》は未《いま》だに腹の内を見せていない気配がありますからね。古刀《ことう》さんにお礼を言いたいからドラゴン亭に来た。古刀《ことう》さんを使いたいから神託戦争《しんたくせんそう》に参加する——いずれも理由としては弱い気がしませんか？」

「そ、そんなことはないと思いますけど……」

「だからぞんざいに扱うくらいがいいのだと思います。ノア様も気をつけてくださいね、たとえプリンをプレゼントされても全面的に信用することがないように」

「そこまで子供じゃありません！」

カルネと影坂《かげさか》は苦条《くじょう》ナナが背負っている苦しみの一端を見ていないのだ。

昼間の涙は本物だったように思える。ノアと同じで家族から虐《しいた》げられてきた苦条《くじょう》ナナは、自分が落ちこぼれでないことを証明するために戦いに身を投じた。

「……ちょっと出てくる」

「どこへ行くんですか？」

「お手洗いだ」

それだけ言って俺はラウンジを後にした。

宿を出たところですぐに苦条《くじょう》ナナの後ろ姿を発見する。てっきりもう露店のほうに向かったのかと思ったが、どうやら一度部屋に戻ったらしい。その右手には剝《む》き出《だ》しのがま口が握りしめられていた。

「苦条《くじょう》。俺も手伝うよ」

「わひゃあ⁉」

背後から声をかけるとウサギのように飛び跳ねた。

「に。にに。兄さん……⁉　あ、そのっ、兄さんはどうかお休みになっていてください。これは私に与えられた仕事でもありますのでっ……」

「影坂《かげさか》の言うことなんか真面目に聞かなくていいんだぞ？　あいつは悪いやつだからな」

「いえ。パシられるのは慣れておりますのでっ……」

なんとも悲しい告白だった。やはり苦条《くじょう》ナナはノアと同じような境遇を辿《たど》っている。

そして、彼女の存在感は途方もなく薄い。

街の喧噪《けんそう》でかき消されてしまいそうになるほどに。

「でも不都合があったら言ってくれ。仲間内の不和は見過ごせないんだ」

「兄さんは……優しいですね」

苦条《くじょう》ナナはふにゃふにゃと笑う。何故《なぜ》か居住まいを正してまっすぐ見つめてくる。

「あのっ。兄さん……」

「何だ？」

「……私は兄さんに感謝しています。兄さんがいなければ今の私はありませんから。だから、どうか私に力を貸してください。皆さんに認めてもらえるようになりたいんですっ」

前髪の奥に熱意のこもった瞳が見て取れた。

街灯に照らされた彼女の頬は赤い。相当な勇気を振り絞ったに違いなかった。俺にはこの少女の期待に応えてやる義務があるのだ。

「俺たちは協力関係だ。可能な限り力を貸すから、お前も俺たちに力を貸してくれ」

「えへへ……ありがとうございますっ」

はにかむような笑みを浮かべる。

この少女の素性はよく分からないが、少し前までのノアと同じような目をしていた。

言うなれば、暗闇の中の迷子。

放っておくことはできなかった。

苦条《くじょう》は少し間をおいて、

「……兄さんは、黒白刀《こくびゃくとう》って知ってますよね？」

「ん？　何だそれ？」

再び間があった。苦条《くじょう》はみるみる表情を失《な》くす。しかしそれは幻影だったのかもしれない。彼女は微笑《ほほえ》みを浮かべて踵《きびす》を返《かえ》すと、モジモジしながら言うのだった。

「そうですよね。大丈夫です。飲み物は私一人で買ってきます。兄さんは宿で皆さんと遊んでいてください」

「あ、おい……」

苦条《くじょう》は脱兎《だっと》のごとく走り去っていく。

□

（兄さん。兄さん……ふふ）

頬が緩むのを堪《こら》えながら夜のヨルトナを走る。

兄さんのことを反芻《はんすう》するだけで頬が緩んだ。わざわざ私のことを心配して駆けつけてきてくれた――それだけで胸がいっぱいになってしまった。

兄さんは常に私のことを幸せにしてくれる。

たとえば今日の昼、兄さんのおかげで私はついに夜煌錬成《やこうれんせい》を成功させることができた。神託《しんたく》戦争《せんそう》という特殊な状況下の影響もあるけれど、これで私は一歩前に進めた。

私はいつも落ちこぼれだった。

言われたことができない。いつもオドオドしている。頭の回転が鈍い。どんくさい。保護者たちからはいつも見下されていた。夜煌錬成《やこうれんせい》もできないようではお前の世話をしている意味がない――何度もそう詰《なじ》られた。

だって接続礼式《せつぞくれいしき》が難しいのだ。そもそも夜煌刀《やこうとう》を引ける確率は気が遠くなるほど低いし、万が一素質がありそうな人間を見つけたとしても、いきなり「抱きしめてください」はハードルが高すぎる。恥ずかしい。

だけど。ついに。私の念願は叶《かな》った。

手に残っているのは、〈夜霧〉の硬くてひんやりとした感触だ。

兄さんを上手《うま》く扱うことができれば、私の保護者たちも見直してくれるに違いない。

「気分がいいなぁ」

私はスキップして往来を駆ける。酔漢にぶつかって怒鳴られた。一目散に逃げ出す。しかし心に曇りは一切なかった。

露店でサイダーを五本買う。持ちきれないのでエコバッグに入れてもらった。

残された課題は一つだ。神託戦争《しんたくせんそう》で優勝することではない。神託戦争《しんたくせんそう》を通して兄さんとの絆《きずな》を成長させること。そうすれば何もかもが上手《うま》くいくはずなんだ――

「――何やってんの？　苦条《くじょう》ナナ」

行く手にぼんやりと女の姿が浮かび上がった。

闇に溶け込む真っ黒いシスター服。炯々《けいけい》と光る紅色の瞳に見据えられ、私は幽霊に遭遇した気分で飛び上がってしまった。

「あ、その、骨瀞《ほねとろ》さん……、こんばんは」

「挨拶してる場合かしら？　例のブツの調査は済んだわけ？」

「いえ、それは、目下調査中というわけでありまして……」

「でも起動できたんでしょ？　じゃあ分かったんじゃないの？　このまま呑気《のんき》に神託戦争《しんたくせんそう》に参加するつもり？　それって神殿の意思に反する行為じゃない？　叛意《はんい》があるの？　ねえ、あんた、答えなさいよ……」

じりじりと詰め寄ってくる骨瀞《ほねとろ》さん。

恐怖のあまり身が竦《すく》む。この人はいつも私のことをいじめるのだ。仕事ができないからといって殴られたことは一度や二度じゃない。

「あんた、自分に与えられた仕事が何なのか覚えてる？　言ってみなさいよ」

「は、はいっ……今回の私の仕事は、古刀逸夜《ことういつや》の性能を調査すること……あれが本当に〝黒白刀《こくびゃくとう》〟なのかを調べること。そして、そうだった場合、回収して神殿に捧《ささ》げること……」

「分かってるじゃない。じゃあ何でやつらとヘラヘラしているの？　神託戦争《しんたくせんそう》を利用して〈夜霧〉の夜煌錬成《やこうれんせい》には成功したんだから、さっさと回収してくれば？」

「そ、それは……そうなのですけれど………でも、もう少し様子を見たほうがいいような気がしています。今は神託戦争《しんたくせんそう》で人目が多いので、終わってから密《ひそ》かに行動に移したほうがいいかなって愚考するのですが」

顔面を右手でつかまれた。

そのまま背後のレンガ壁に叩《たた》きつけられて激痛が弾《はじ》ける。

涙を堪《こら》えて指の隙間から正面をうかがうと、殺意の滾《たぎ》った視線に突き刺された。

「『神ハ夜人ニ侵スベカラザル職能ヲ与エタ』──聖書の一節よ。神官は他人の職分に入り込んだりはしない。だからあたしが首を突っ込むことはない」

そうだ。古刀逸夜《ことういつや》という人物の調査と回収は、私が司教・闇条《あんじょう》メドウから授かった仕事。他の神官に邪魔される謂《いわ》れはない。

骨瀞《ほねとろ》さんが古刀《ことう》家に襲撃を仕掛けながらも〈夜霧〉を回収しなかったのは、それが神の意に背く行為であると聖書に記されているからだ。

でも。

「だからって愚図愚図していると殺すわよ？　殺せばその仕事はあたしのものだからねえ」

「い、痛い……」

「あたしね、前からずっと思っていたの。うちにあんたみたいなノロマな神官はいらないんじゃないかって。こないだの六花戦争《ろっかせんそう》だって、せっかく常夜神《とこよがみ》に選ばれて参加できたのに、呆気《あっけ》なく死んじゃったじゃない。あんたは神殿に何も貢献していないのよ。この罪深さが分かる？

いいえ、分からないから今でものうのうと生きていられるのよねえ」

「ごめんなさいごめんなさいごめんなさい……」

「鬱陶しいッ!! 謝るんじゃねえ!!」

「あ……がッ――」

指に力が入る。めりめりと顔面が軋《きし》む音がする。

骨瀞《ほねとろ》さんは途端に不気味な笑みを浮かべた。

「――分かったらさっさと行動しなさい。でないと頭蓋骨を叩《たた》き割《わ》っちゃうからね♪」

私はそのまま地面に放り投げられた。胸を石畳に打ちつけて空気まじりの声が漏れる。コツコツと靴音を鳴らして去っていく骨瀞《ほねとろ》さんを見上げながら、私はギリリと歯軋《はぎし》りをした。

「いつも……こうだ。私って本当に……駄目駄目だよね……」

本当は骨瀞《ほねとろ》さんの横暴な振る舞いを糾弾してやりたいところだった。しかし口下手だから反抗することができない。理不尽な暴力に甘んじることしかできない。

よろよろと立ち上がる。

口の中が血でいっぱいだ。視界も真っ赤に染まっていく。苦しみの赤い筋が幾条《いくじょう》にもわたって張り巡らされていく。

闘技場をいくつかの区画に分けて戦闘が行われるようだ。

運営たる神殿の発表によれば、参加するナイトログの数は五百二十名——つまり二百六十ものペアが戦いを繰り広げることになる。まとめて消化しなければ、いつまで経《た》っても終わらないのだ。

□

ちなみに神託戦争《しんたくせんそう》はトーナメント制。

一度でも負ければそのペアは敗退、以後の戦いに参加することはできない。

決着のつけ方は単純で、相手を気絶させるか「参った」と言わせるかだ。殺してしまったら即座に失格となるため、死ぬ可能性が低いという意味では安心できるのだが……——

「き、き、きき、緊張で吐きそう……」

《おい大丈夫か……？　いったん休憩したほうが》

「い、いえ。だってもう始まってしまいますからっ……」

俺は現在、夜煌錬成《やこうれんせい》を発動した苦条《くじょう》によって握りしめられていた。

すでに別の区画では戦闘を始めているナイトログたちもいて、辺りには鍔迫《つばぜ》り合《あ》いの音がこだましている。

しかし苦条《くじょう》は、真冬に放り出されたかのごとく顔を真っ青にしていた。骨瀞《ほねとろ》薄々気づいていたことだが、この少女は戦いに対して苦手意識があるのかもしれない。ペトラに襲われた時は身を挺《てい》して庇《かば》ってくれたが、あれは例外的な行動だったのだろう。

「しっかりしてください苦条《くじょう》さん。逸夜《いつや》くんがいれば心配いりませんから」

ノアが心配そうに眉をひそめて言った。

その手に握られているのは泥刀《どろがたな》。すでに起動は済ませてある。

苦条《くじょう》はやつれたような顔で答えた。

「でも……昨晩影坂《かげさか》さんが言っていたように、私のようなポンコツナイトログが〈夜霧〉を使いこなせるのかどうかっていう懸念《けねん》事項があるのですが……」

「大丈夫です。こんな状況だから明かしてしまいますけれど、実は私も逸夜《いつや》くんを手に入れる前はダメダメのポンコツでした。夜煌錬成《やこうれんせい》もまともにできた試しがなくて——」

「おえええええ」

「うわあ!?　落ち着いてください!!」

思い返してみれば、苦条《くじょう》は昨晩から様子がおかしかった。

おそらくサイダーを購入して宿に戻ってきた後からである。着衣に乱れがあったし、どこか思い詰めているような雰囲気を醸《かも》していた。

外で何かあったのは確実なのだが、それを指摘しても「何でも！　ないです！」という意味のない返答をされるだけだった。

《とにかく集中してくれ。お前が頑張らなくちゃ石木《いしき》たちを取り戻せないんだ》

「は、はい。頑張ります。兄さんを使えて幸せです。へへ、えへへへへ………」

本当に大丈夫なのか……。

俺は溜息《ためいき》を吐きたい気分で正面を見据えた。刀剣形態になって拡大された視野の中央には、夜煌刀《やこうとう》を構えてこちらを凝視《つ》している二人組がいる。いずれも深くフードを被《かぶ》っているため、その容貌は判然としなかった。

やつらが初戦の相手だ。

カルネや影坂《かげさか》の調査によれば、名前はそれぞれ〝咎峰《とがみね》トリカ〟〝負田《まけた》パト〟。どちらも夜煌刀《やこうとう》は一振りずつしか持っておらず、その呪法《じゅほう》は『物体の動きを加速させる能力』、そして『一瞬だけ眩《まばゆ》い光を発する能力』らしい。

(ん……？)

そこで奇妙な違和感を覚える。周囲で戦っているナイトログたちは戦意を剝《む》き出《だ》しにしているが、目の前の二人からはそういう気風が感じられないのだ。

ただただ虚《うつ》ろな瞳で俺たちを見つめている。

まるで獲物に狙いを定める死神のような……――

「それでは戦闘を始める。夜煌錬成《やこうれんせい》は済ませてあるな？」

審判役のナイトログが旗を持って前に出た。相手を二人とも気絶させるか「参った」と言わせれば勝利だ。その判定はそれぞれ専属の審判――神官っぽい黒いローブなので神殿のナイトログだろう――が行うことになっている。

ノアが慌てて泥刀《どろがたな》を構え直した。

「苦条《くじょう》さん！　とにかく頑張ってくださいね！」

「可能な限り頑張りたい所存でありますが死んだらごめんなさい」

「死ぬ時のことなんて考えないでください。私まで怖くなっちゃいますから――」

「何だ？　何か問題でも発生しているのか？」

「いえ審判さん！　問題なんてありません！」

「そうか――では戦闘開始！」

あれこれ言い争っているうちに審判が旗を上げてしまった。

ついに神託戦争《しんたくせんそう》の開幕である。

その瞬間、咎峰《とがみね》と負田《まけた》が声も上げずに疾走を開始した。

早急に決着をつけるつもり腹積もりらしい。呪法《じゅほう》をどのように使ってくるか分からないので警戒する必要があるのだが――そんな暇もなく咎峰《とがみね》が斬りかかってきた。

初手は何の変哲もない横薙《よこな》ぎだった。

《苦条《くじょう》！　来てるぞ！》

「わ、わわわっ……！」

苦条《くじよう》は俺を力任せに振り回した。

敵の夜煌刀《やこうとう》が全身に叩《たた》きつけられる感覚は、何度味わっても慣れることはない。だがこの程度では〈夜霧〉に傷をつけることもできないだろう。

「ひゃあ！　手がじんじんしますっ……」

泣き言をほざいている場合ではない。

咎峰《とがみね》が休む暇もなく斬撃を繰り出してくる。

しかし苦条《くじよう》は酔っ払いのような動きでそのすべてを回避していった。

呪法《じゆほう》【不死輪廻《ふしりんね》】による身体能力向上効果には、動体視力の強化も含まれている。

今の苦条《くじよう》には相手の剣技など止まって見えるに違いなかった。

ふと隣を見やれば、ノアが同じように負田《まけた》の攻撃をいなし続けていた。

呪法《じゆほう》の恩恵を受けられないため普段より動きが鈍い。しかし日頃の鍛錬の賜物《たまもの》なのか、慌てることなく冷静に対処できているようだ。

とはいえ、泥刀《どろがたな》しか持たないノアを長時間放置するわけにもいかなかった。

《攻めろ苦条《くじよう》！　そうじゃないと勝てない》

「せ、攻めより受けのほうが得意ですが……可能な限り善処してみますっ」

「無駄だ。融《と》けろ」

咎峰《とがみね》が小さく呟《つぶや》いた。苦条《くじょう》の足元がぐにゃりと歪《ゆが》んだように見えた。

いつの間にか闘技場の床が液状化して沈下し始めているのだ。

「な、何これぇ……!?」

苦条《くじょう》は柔らかい泥と化した地面に足をとられてバランスを崩してしまった。

暴れれば暴れるほど地獄の底へと誘われていくかのようである。おそらく物体の柔らかさを操作する呪法《じゅほう》──いや待て。カルネたちの報告と違うじゃないか。咎峰《とがみね》の呪法《じゅほう》は『物体の動きを加速させる能力』だったはずなのに。

《ツ──前見ろ！　来てるぞ》

「あがっ……！」

声をかけた時には遅かった。

咎峰《とがみね》の刃はあっという間に苦条《くじょう》の脇腹にめり込んでいた。

肉がめりめりと裂かれる。骨も内臓も切断される。

苦条《くじょう》が恐怖と絶望で真っ青に表情を歪《ゆが》めたが、それでも咎峰《とがみね》は容赦なく力を込めて──

ずぱり。

そんな小気味のいい音ではなかったかもしれない。とにかく苦条《くじょう》の上半身と下半身は、きれいに別《わか》たれてしまった。

客席のナイトログたちが馬鹿のように歓声をあげている。

やつらは暴力的でグロテスクなものが見られればそれでいいのだ。

しかし、俺には引っかかることがあった。

《あいつ……何考えてやがるんだ……!?》

咎峰《とがみね》は明らかに殺すつもりの攻撃を仕掛けてきた。

実際に苦条《くじょう》の身体《からだ》は抵抗する間もなく分断されてしまっている。

神託戦争《しんたくせんそう》のルールでは、相手を死に至らしめた場合、その時点で敗北となるはずなのに。

不意に鼓膜を破るような音が聞こえた。

視界の半分が真っ黒に染まっていた。何かが爆発して砂が舞い上がっているのだ。

もくもくと舞い上がる黒煙を発生させたのは——地面に夜煌刀《やこうとう》を突き刺して、おそらく夜素《やそ》というエネルギーを解放している負田《まけた》パト。

あれも呪法《じゅほう》に違いない。だがカルネたちの調査と明らかに異なる。

その時、くるくると回転して何かが地面に落ちた。

見覚えがあった。

それは切断された右腕だった。

手の甲に刻まれているのはステージ0の夜煌紋《やこうもん》。夜煌刀《やこうとう》でもないのにそんなものを携えている人物なんて、自分以外では一人しか心当たりがなかった。

《ノア——!》

ぐらりと傾《かし》いでいく世界の中。

黒煙に包まれて伏臥《ふくが》している少女——夜凪《よなぎ》ノアの姿を発見してしまった。

□

「それより大変ですっ！　ノア様が……ノア様が……！」

私はいてもたってもいられず立ち上がってしまった。隣で観戦していた火焚《ひだき》カルネも瞠目《どうもく》して口を手で覆っている。シェアしていたLサイズのポップコーンがぶちまけられたことも気にならないほどの衝撃だった。

「何あれ⁉　情報とまったく違うんだけど……⁉」

何故《なぜ》なら——敵の使ってくる呪法《じゅほう》が情報と違っているから。

そして夜凪《よなぎ》ノアが正体不明の呪法《じゅほう》で窮地に立たされているから。

周囲のナイトログたちは逸夜《いつや》の戦闘を見て盛り上がっているが、それどころではない。私が仕入れた情報に間違いはないはずなのに……。

夜凪《よなぎ》ノアは地面にうずくまって歯を食いしばっている。

腕からは血。あのままでは出血多量で死んでしまうかもしれない。

「ああノア様……！　今すぐ戦闘をやめさせないと……！」

「そんなことしたら失格になるでしょ⁉　逸夜《いつや》がスピード命で勝ってくれたら問題ないわ、夜《や》煌錬成《こうれんせい》すれば【不死輪廻《ふしりんね》】で傷は治るから」

「そ、そうかもしれませんが……！　でも相手の様子がおかしいですよね？」

「くそ。ガセネタつかまされたかしら……？」

「それは有り得ません。だって私は見たんですから……」

このメイドも私とは別行動で調査をしていたのだ。

それによれば、実際に咎峰《とがみね》と負田《まけた》の訓練風景を確認したらしい。

彼らは『加速』と『発光』の呪法《じゅほう》を使っていたそうだ。

私が聞き込み調査をして得た情報とも合致していたため、特に疑うこともなかったのだけれど……――

いや待て。そうじゃない。

「ねえメイド。あいつらの使ってる夜煌刀《やこうとう》に見覚えある？」

「え？　あっ……」

火焚《ひだき》カルネが再び目を丸くした。

やつらの使っている夜煌刀《やこうとう》の形状が、情報とは微妙に異なるのだ。

いずれも西洋風の剣であることに変わりはないが、色や装飾が情報と食い違っている。

「私が見たのと違います！　他にも持っていたのかしら……⁉」

「それだけじゃないわ。あいつらの体格もなんか情報と違くない？」

「い、言われてみれば……私が見た時より痩せているような……？」

「──そうだ。やつらは正規の神託戦争《しんたくせんそう》参加者ではない」

背後に立っていた人物を見てぎょっとした。影のようにコソコソと忍び寄ってきたのは、前回の六花戦争《ろっかせんそう》で私と敵対していたナイトログ──骸川《むくろがわ》ネクロ。

相変わらずの坊主頭《ぼうずあたま》。そして場違いなスーツ。

私は咄嗟《とっさ》にバックステップで距離をとり、

「骸川帳《むくろがわちょう》⁉　何であんたがここにいるのよ⁉」

「そ、そうです！　殺されたいんですか⁉」

しかし夜煌刀《やこうとう》がない今、私たちにできることなど何もない。

骸川《むくろがわ》は「ふ」と呆《あき》れたように溜息《ためいき》を吐《つ》き、

「……夜凪《よなぎ》ノアと古刀逸夜《ことういつや》にもそのような反応をされたな。少し殺し合った程度で大袈裟《おおげさ》なことだ」

「どこが少しよ？　あんたには恨みつらみが死ぬほど積もってるんだからね」

「そうですよ！　影坂《かげさか》ミヤをボコボコにしたことを忘れたわけじゃありませんよね⁉」

「私はボコボコにされてないんだけど⁉　捏造《ねつぞう》やめろ‼」

「騒ぐのは勝手だが。少しは眼下で起きている事態を考察したらどうかね」

そうだった。放火魔メイドに構っている暇はないのだ。骸川《むくろがわ》の発言の真意を問《と》い質《ただ》す必要があった。

「……いったい何の用よ？　まさか私たちを仕留めたいとか？」

「それは有り得ない。拙僧は殺生《せっしょう》を嫌っている。古刀逸夜《ことういつや》と夜凪《よなぎ》ノアには説明したゆえ、後ほど聞いてみるがいい」

「先ほどの発言はどういう意味ですか？　あの二人が正規の参加者ではないと言ってましたが……」

「そのままの意味だ。夜凪《よなぎ》ノアたちと戦っているのは咎峰《とがみね》トリカ、負田《まけた》パトではない。神殿の四級神官どもだ」

「は？」

「分からぬか？　入れ替わっているのだよ」

驚いてフィールドのほうへと目を戻した。

その瞬間、爆発による突風で連中の顔を隠していたフードがめくれ上がる。

そうして現れたのは——まったく見知らぬ男たちの顔。

咎峰《とがみね》トリカや負田《まけた》パトとは別人だった。

「い、いったいどういうことよ……!?」

「詳細は知らぬ。しかし外道《げどう》の謀《はかりごと》であるに違いない。拙僧は調査を継続する」

骸川《むくろがわ》が立ち去っても戦いから目を離すことができなかった。

神殿はいったい何を考えているのだろうか。

「あっ……見てください！　古刀《こと》さんの呪法《じゆほう》です！」

【不死輪廻《ふしりんね》】が発動していた。真っ二つになった苦条《くじよう》ナナの身体《からだ》が、濃密な宵闇によってみるみる修復されていく。

□

「え？　え……？　ほ、ほんとに治っちゃった……⁉」

苦条《くじよう》は驚愕《きようがく》に染まった表情で自分の身体《からだ》を見下ろしている。

咎峰《とがみね》によって分離させられたはずの上半身と下半身は、何事もなかったかのようにくっついてしまった（パーカーの下のほうは斬れてしまったが）。

俺に秘められた呪法《じゆほう》――【不死輪廻《ふしりんね》】の効果である。

使い手が替わっても正常に発動してくれたことに安心しつつ、俺は目の前で驚愕《きようがく》している咎峰《とがみね》を観察した。

「馬鹿な！　何だその呪法《じゆほう》は……！」

その動揺は自白したも同然だ。この男は殺意を持ってこちらを害したのである。

続いて瞬時にノアのほうへと目をやった。

腕を切断されてうずくまっている彼女の目の前には、今まさに夜煌刀《やこうとう》を振り下ろそうとしている敵の姿があった。

《苦条《くじょう》！　ノアのほうに行ってくれ！》

「え？　ふぁ、わ、分かりましたっ！」

苦条《くじょう》が地面を蹴り砕くような勢いで飛翔《ひしょう》した。

常人であれば目にも留まらぬ速度の突貫である。

一瞬にして距離を詰めた苦条《くじょう》は、負田《まけた》の夜煌刀《やこうとう》に向かって力いっぱい俺を振り上げる。

「な……──」

金属音。夜煌刀《やこうとう》を取り落としはしなかったものの、負田《まけた》の身体《からだ》は大きく弾《はじ》かれて背後に後退した。

「何だその力は！　まさか本当に黒白刀《こくびゃくとう》だったとでもいうのか……⁉」

《黒白刀《こくびゃくとう》？　何を言っている……？》

俺の質問に答えることなく負田《まけた》はバックステップで距離を取り、咎峰《とがみね》と肩を並べて警戒した様子でこちらを睨《にら》んでくる。

しかし俺の意識は背後で喘《あえ》いでいるノアのほうに引っ張られてしまった。

もくもくとした砂煙が徐々に晴れていく。

ノアは、切断された腕を押さえながら、顔を青くしてか細い呼吸をしていた。

《ノア！　しっかりしろ！》

「い……逸夜《いつや》……くん……大丈夫、大丈夫ですから……」

その瞳からは生気が失われつつある。やはり泥刀《どろがたな》で戦うのは無理があったのだ。

いや――それ以前に、神託戦争《しんたくせんそう》では命のやり取りをしないルールだったはずなのに。

「な、何で、ですか……？　どうしてあなたたちが……」

苦条《くじょう》が震えながら咎峰《とがみね》たちを見つめている。

その質問に若干疑問を抱く。

しかし容喙《ようかい》する暇もなく咎峰《とがみね》が答えた。

「一級神官からのご命令だ。お前がいつまでも愚図愚図しているから業《ごう》をお煮やしになられたのだ。お前はすでに不要となったのさ」

「そんな……でも……だって……！」

《おい。いったい何の話をしているんだ……？》

苦条《くじょう》は青い顔をしているだけで答えなかった。だが何らかの陰謀が渦を巻いていることは分かる。目の前のこの男たちは神殿が放った刺客。どさくさに紛れて俺たちを殺害しようとしているのだ。

となれば負けるわけにはいかない。

ノアを救うためにも。石木《いしき》たちを助けるためにも。

《苦条《くじょう》。心配するな。俺がついている》

「……！」

闇を恐れる子供のように震えていた苦条《くじょう》が、ハッとした様子で俺を見下ろしてきた。

《【不死輪廻《ふしりんね》】があれ大丈夫だ》

「で、でもっ、兄さん、相手は神殿のっ……それも四級神官ですっ……私みたいに不佞《ふねい》なナイトログに、太刀打ちできる相手じゃないと、愚考いたしますのですが……」

《お前はあいつらを何故《なぜ》か怖がっているが、俺の目にはそれほどの使い手には見えない。俺と一緒なら何も問題はない。みんなを助けるためにも力を貸してくれないか》

「兄さん……」

逡巡《しゅんじゅん》している暇はなかった。咎峰《とがみね》と負田《まけた》が一斉に襲いかかってきたからだ。

しかし苦条《くじょう》の決意は固まったようだ。

即座に俺を握り直すと、前髪の奥の瞳に炎を宿して駆け出した。

「向かってくるのか！　七級神官の分際で！」

咎峰《とがみね》の叫びには気になる点があったが、この状況では些事《さじ》だった。

敵の呪法《じゅほう》が発動した。再び足元が崩れて転びそうになる——ことはなかった。苦条《くじょう》はぬかるんだ地面をものともせず走り抜けていく。

それは極限まで強化された脚力によってなせる技。

爪先が沈む前に別の脚を前に出してしまえば、不埒《ふらち》な沼に囚《とら》われる心配など一切ない。

「す、すごいっ……！　兄さん、すごいですっ……」

《いいから前見ろ！》

「馬鹿な！　それが黒白刀《こくびゃくとう》の力……⁉」

「はああっ……！」

苦条《くじょう》は流星のような勢いで俺を振るった。

宵闇の軌跡を描いて放たれた一撃は、吸い込まれるようにして咎峰《とがみね》の夜煌刀《やこうとう》と激突し——次の瞬間、チープな音を立ててその刀身を真っ二つにへし折ってしまった。

「あ……」

咎峰《とがみね》が絶望の吐息を漏らす。客席から割れんばかりの歓声。

夜煌錬成《やこうれんせい》が解除され、地面に三十代くらいの男が倒れ伏した。

先ほどの一合で全身血だらけになってしまっているが、再び夜煌錬成《やこうれんせい》をしてもらえば助かるはずなので無視。

立ち尽くす咎峰《とがみね》の脇を通り抜けた苦条《くじょう》は、その背後で呆気《あっけ》に取《と》られている負田《まけた》に接近する。

すぐそこに刃が迫っていることに気づいた負田《まけた》は、一瞬のうちに我に返って呪法《じゅほう》を発動した。

振り下ろされる夜煌刀《やこうとう》。

地面が爆発した。

負田《まけた》が持つ夜煌刀《やこうとう》の呪法《じゆほう》は物体を爆《は》ぜさせるものらしい。

激しい爆風に直接さらされた苦条《くじょう》は右半身をごっそりと抉《えぐ》られてしまった。

しかし血が飛び散ることもない。

爆発によって微塵《みじん》と化した肉体は、【不死輪廻《ふしりんね》】によってみるみる修復されていく。

「おい……そりゃさすがに反則じゃ……」

爆風を掻《か》き分《わ》けてまっすぐ突き進む。

負田《まけた》はすでに戦意を喪失している様子だった。反則と言われても手加減してやる必要などなかった。先にルールを破ったのはそっちだからだ。

苦条《くじょう》は俺をぎゅっと握ると、そのまま大きく振りかぶり——

負田《まけた》の脇腹目がけて剣戟《けんげき》を繰り出した。

鮮血。悲鳴。負田《まけた》の身体《からだ》は勢いに押されて背後に吹っ飛んでいった。観客たちが再び歓声をとどろかせる。他の戦いには目もくれないようだった。

「しょ、勝負あり！　夜凪《よなぎ》ノアと苦条《くじょう》ナナの勝ち！」

審判が慌てて判定を下した。それを聞いた瞬間、苦条《くじょう》はすべての力が抜けたようにヘナヘナと座り込んでしまった。

「あ、あはは……やっぱり兄さんはすごいよ……」

《それは後でいい！　今はノアのことだ！》

「え？　あ、そ、そうでしたっ」

夜煌錬成《やこうれんせい》を強制解除して人間形態に戻った俺は、息せき切ってノアのもとへ駆け寄った。ぐったりしてはいるが、まだ息はある。ならば【不死輪廻《ふしりんね》】を発動すれば一件落着だ。

「逸夜《いつや》くん……終わりましたか……？」

「終わった！　だから夜煌錬成《やこうれんせい》をしてくれ！」

「はい……」

ノアの歯が俺の指の皮膚を食い破った。

ちゅうちゅう血を吸われていくのを実感しているうちに、再び俺の身体《からだ》は宵闇に――夜素《やそ》に変換され、気づいた時にはノアの左手の中に納まっていた。

それと同時に【不死輪廻《ふしりんね》】が自動で発動し、ノアの傷を癒《いや》していく。

いくらもしないうちに完全回復してしまったようだ。

「……ありがとうございます。もうどこも痛くもありません」

《そうか。よかった……》

かくして俺たちは神託戦争《しんたくせんそう》で辛くも勝利を収めることができた。

一時はひやひやしたが、全員無事だったのでひとまず安堵《あんど》しておくとしよう。

だが――

俺には確認しておくべきことがあった。

背後でオドオドしている苦条《くじょう》のことだ。彼女の正体を――隠された秘密を明らかにしなければならない。

3　神様に捧《ささ》げられたのです

全身が痒《かゆ》くなってくるのを感じました。

こんな不衛生で陰気くさい牢獄《ろうごく》に閉じ込められていれば蕁麻疹《じんましん》が出てもおかしくはない――のですが、たぶんそうじゃありません。

さっき昼食で出されたクソまずい液体のせいに決まっています。

「な、何だったんですかアレ……青汁？　お酢？　よく分からないけど、とってもまずかったし……たぶんお金のない人が飲むものですね」

「あんた、お金のない人を何だと思ってるんだよ……」

石木《いしき》さんが呆《あき》れた様子で溜息《ためいき》を吐《つ》きました。

昨日、腐れシスターによって肩の辺りに針のようなものを刺されましたが、看守によって丁重に治療されたので元気を取り戻しているようです。よかった。

でも、こんなところにいたら元気がなくなるのも時間の問題です。

肌がカサカサしてきました。髪もべたつきます。気持ち悪くておかしくなりそう。

「はー。ノアたち大丈夫かなあ」

「それは神様に祈るしかありませんね……それよりも石木《いしき》さん、石木《いしき》さんこそ大丈夫なんですか？　普通に病院行ったほうがいい怪我《けが》だった気がしますけど」

「まあ治療してもらったからね。骨滯《ほねとろ》のやつも僕を殺すつもりじゃなかったようだし」

「じゃあアレ何だったんですか？　八つ当たり……？」

「いや……そうじゃない。あの棘《とげ》が刺さった時……何かのエネルギーが入ってくるのを感じたんだ。深い夜の中に突き落とされるような感覚……夜煌錬成《やこうれんせい》される時に似ているような気がしたけど」

　思い当たる節がありました。ミヤさんに夜煌錬成《やこうれんせい》される際、ミヤさんから注がれるエネルギー——真っ黒い夜素《やそ》が肌に合わないのか何なのか、たまに全身がめちゃくちゃ痒《かゆ》くなる時があるのです。今私を襲っている謎の痒《かゆ》みはそれに似ている気がしました。

（……じゃあさっきの飲み物に夜素《やそ》が入ってたってこと？　でも何でだろ？　全然意味分かんない）

　なんだか考えるのが面倒くさくなりました。もっと楽しいことを妄想しましょう。明日の晩御飯のこととか、可愛《かわい》い動物のこととか、フラッシュ暗算のこととか……。

「ん」

　にわかに重い金属音がとどろく。牢獄《ろうごく》の中の夜煌刀《やこうとう》たちがびっくりして顔を上げました。鉄《てつ》格子《ごうし》の向こうの扉が開かれていて、真っ黒いシスター服を身に着けた女——骨滯《ほねとろ》ペトラが姿を現しました。

「こんにちはぁ。元気してたかしら？」

答える者は誰一人いません。あいつが常軌を逸した無法者であることは、すでにこの場の全員が目撃しているのですから。

腐れシスターはつまらなそうに舌打ちをすると、牢獄《ろうごく》の中を舐《な》め回すようにねめつけて、

「……適合した者はいないか。まあそりゃそうよね」

意味深に何事かをブツブツ呟《つぶや》いている。

ああいう輩《やから》には近づかないほうがいいのです。

何をしに来たのかは知りませんが、ここは嵐が過ぎ去るのを待つがごとくジッとしているのが得策でしょう。

しかし、私は見てしまいました。

捕らえられている夜煌刀《やこうとう》の中で、眼鏡をかけた二十歳くらいの青年が、スプーンを片手に必死で壁の下のほうを掘っている光景を。

「まずい。まずい。逃げなくちゃ。逃げなくちゃ……」

明らかに脱走を企図しています。

おそらく昼食で出たスプーンを返却せずに隠し持っていたのです。

そんな映画みたいな手段で上手《うま》くいくのでしょうか？——とむしろ感心してしまいましたが、それどころではありません。

「石木《いしき》さん石木《いしき》さん、あれどうしましょう⁉　隠しますっ⁉」

「無理だろ隠すのは！　いいから知らんぷりしろ！　僕たちには関係ないことだから——」

カキン‼——甲高い金属音が響きました。

スプーンが固いものに激突したようです。

静まり返る牢獄《ろうごく》。それまでうつむきがちに思考していた腐れシスターが、ぎょろりと猛禽類《もうきんるい》のような瞳で青年のほうを睨《にら》みました。

「何をしているの？　それってスプーンよねぇ？　スプーンで穴を掘ろうとしていたの？　ねえどうしてそんなことするの？」

「いや、あの、これは……」

「言い訳するんじゃねぇ‼」

耳をつんざくような怒声が響いた時にはすでに遅かった。牢獄《ろうごく》の中にノータイムで出現した腐れシスターが、壁際《かべぎわ》にうずくまっていた青年の顎に蹴りを叩《たた》き入れていたのです。

青年はそのまま吹っ飛ばされて壁に背中をぶつけました。

腐れシスターはカツカツと靴音を鳴らして彼に近づくと、その胸倉をつかみ上げて怒鳴りました。

「モノが逃げるな！　てめえは優勝賞品だろうが！　いいか、あたしはてめえらの管理を仰《おお》せつかってるんだよッ！　もしもてめえらの身に何かがあったら——あたしは……あたしは……

てめえらをぶっ殺さなくちゃいけないわ！」

「ご、ごめんなさいごめんなさいごめんなさい……」

「そうね……このままじゃ常夜神《とこよがみ》に顔向けができない……ちょっと目を離した隙にこれだもの。やっぱり見せしめは必要ね。一振りくらいなくなったって、司教も文句は言わないでしょうから――」

腐れシスターの右手にはすでに夜煌刀《やこうとう》が握られていました。きらきらと輝く宝剣です。牢獄《ろうごく》の中に瞬間移動できたのはあの夜煌刀《やこうとう》の呪法《じゅほう》でしょう。

石木《いしき》さんの言う通り知らんぷりするしかありません。

正義感を働かせて割って入ってもしょうがないのです。自分が死ぬだけなのです。だから私は振り上げられていく宝剣を黙って見つめ――

「――骨瀞《ほねとろ》様！　ご報告がございます」

牢獄《ろうごく》の外から声が響きました。腐れシスターと同じような黒い服を来た男の人たちが駆け寄ってきます。腐れシスターは「チッ」と舌打ちをして振り返り、

「何？　今いいところなんだけど」

「あの二人が下手を打ちました。夜凪《よなぎ》ノアと苦条《くじょう》ナナは初戦を突破したようです」

それは青天《せいてん》の霹靂《へきれき》のような朗報でした。

まさか本当に彼らが助けに来てくれていたなんて。たぶん私じゃなくて石木《いしき》さんが目当てな

んだろうけれど——でもそれなら石木《いしき》さんには感謝しないといけません。私と一緒に捕まってくれてありがとう、石木《いしき》さん。

「——どういうこと？　全力でやって負けたわけ？　わざわざ正規の参加者に偽装までして送り込んだ刺客なのに？　何の成果も出さずに負けちゃったの？」

「は、はあ。言葉を濁さずに言えばそうなりますね……」

「ふ」

わなわなと震える。血管がブチブチと切れる音がする。

腐れシスターは富士山《ふじさん》のように噴火しました。

「——ふざけんじゃねぇッ!!　あいつら散々目をかけてやったのにッ!!　あたしが自分でやっておけばよかった……いや顔が割れてるあたしじゃ無理だから命令したんだった……ああああああ!!　苦条《くじょう》ナナを殺せばあたしが〈夜霧〉を回収できたのにっ!!」

「骨瀞《ほねとろ》様。いかがしますか」

腐れシスターは質問には答えず、ずんずんと牢獄《ろうごく》を出て行きました。私は思わず胸を撫《な》で下《お》ろします。撫《な》で下《お》ろしたところで撫《な》で下《お》ろしている場合ではないことに気がつきました。

さっき腐れシスターは「〈夜霧〉を回収」云々《うんぬん》と言っていました。

やっぱりあの夜煌刀《やこうとう》はあらゆるナイトログから狙われているらしいのです。

回収されてしまったら——私が助かる道が潰《つい》えてしまうではありませんか。

「石木《いしき》さん……なんだか大変なことになっているみたいですよ？　また古刀逸夜《ことういつや》さんが狙われているとか何とか」

「こうしちゃいられない。早く出て知らせないと……！」

「出られりゃ苦労しないんですが……」

そこでふと気づいて視線を隣に向けます。

さっきボコボコにされたメガネくんが、あろうことかスプーンを握って穴掘りを再開していました。あれを手伝ったら出られる可能性が上がるのでしょうか。

いや無理だな。うん。

□

「……ごめんなさい。私は神殿に所属する七級神官なんです」

神託戦争《しんたくせんそう》の初戦が終わって後。

闘技場から撤収した俺たちは、近くの公園で苦条《くじょう》の告白を聞いていた。

カルネ、影坂《かげさか》、ノア、俺に囲まれるようにしてベンチに腰かけている苦条《くじょう》の表情は、強盗にナイフを突きつけられた店員のごとく青くなっている。

「じゃあ神殿の回し者ってこと？　私たちを狙っていたの？」

「ち、違いますっ！　違うんです……」

「最初から怪しいと思ってたのよねぇ。よく見てみればあんた、神官の連中と同じように辛気くさい顔をしているもの」

そもそも何故《なぜ》こんな事情聴取じみた展開になっているのかと言えば、初戦の相手である咎峰《とがみね》（偽《にせ》）が苦条《くじょう》のことを「七級神官」と呼んでいたからだ。

もしそれが本当なら、スパイにも等しい存在ということになる。

だが苦条《くじょう》はあくまで敵対する意思はないと首を横に振った。

「わ、私が、神官であることは事実です。でも兄さんたちを害する気持ちなんて一ミリもありません。信じてくださいっ……！」

「信じられると思っているの？　ナイトログってのは平気な顔して嘘《うそ》を吐《つ》く生き物よ？」

「影坂堂《かげさかどう》もそうでしたよねぇ。卑劣な嘘《うそ》で古刀《こと》さんを騙《だま》していた記憶があります」

「いちいち茶々入れんな！　ぶっ殺すわよ⁉」

「ケンカしないでください二人とも！」

ノアが慌てて声を上げた。切断された腕は【不死輪廻《ふしりんね》】で元通りになっている。顔色もよくなってきたので一安心だ。

「いったん整理してみましょう。初戦で戦った人たちは本物の〝咎峰《とがみね》トリカ〟〝負田《まけた》パト〟ではなく、苦条《くじょう》さんを殺すために神殿が放った刺客でした。これは本人の口から聞いているので明らかです」

「は、はい。あの人たちは四級神官ですから……」

「であるならば、苦条《くじょう》さんは神殿と敵対していると考えるべきですよ。そうじゃなければ、神殿の人たちが苦条《くじょう》さんを狙うはずありませんから。おそらく狙いは逸夜《いつや》くんなのでしょうが、だったら苦条《くじょう》さんに盗むよう命令すればいいだけです」

それは確かにノアの言う通りだった。

おそらく苦条《くじょう》は神殿と訣別《けつべつ》している。あるいは見捨てられたのだろうか。いずれにせよ連中とは別の目的意識を持って動いている可能性は高い。

ノアが「どうですか？」と確かめるように苦条《くじょう》を見る。

苦条《くじょう》はしばらくモジモジしていた。

影坂《かげさか》に「何とか言いなさいよ！」とどつかれ、大慌てで言葉を紡《つむ》ぐ。

「お、仰《おつしや》る通りです。ノアさんが正しいです。私は一応神殿に所属していますが、ずっと除《の》け者《もの》にされてきました。小さい頃からイジメられていて……今でもそんな感じで……」

「どうでもいいわ。あんた、何で逸夜《いつや》に近づいたの？」

「兄さんを……古刀逸夜《ことういつや》を回収しなさいって言われて」

一同は呆気《あつけ》に取《と》られる。苦条《くじょう》はすぐに弁解の声を張り上げた。

「で、でも！　私にはできませんでした。だって……人のものを奪うのはドロボウだから。私のことを励ましてくれた兄さんを、神殿なんかに引き渡したくなかったし……そ、それで愚図愚図していたから、骨瀞《ほねとろ》さんが刺客を送り込んだんだと思います」

「え？　骨瀞《ほねとろ》ペトラと知り合いということですか？」

「あの人は上司です。私をイジメます。枢機卿《すうききよう》にもなれる一級神官なんです。太刀打ちできません……たぶん、神託戦争《しんたくせんそう》のどさくさに紛れて処分するつもりだったんだと思いますけど。でも兄さんのおかげで命が助かりました」

カルネが「ちょっと待ってください」と手を挙げる。

「仕事ができないからっていう理由で殺すのはおかしいんじゃないですか？　いくら野蛮な神殿とはいえ……」

「いいえ。神様から与えられた仕事はその人だけのものです。誰にも職分を侵すことはできません。もし仕事を奪いたいなら──殺すしかないんです。そういう教義です。だから骨瀞《ほねとろ》さんは使えない私を処分して業務のスタックを解消しようとしているんだと愚考します」

奇妙な話に思えるが、苦条《くじよう》が冗談を言っている気配はない。

思い返してみれば、あの骨瀞《ほねとろ》というナイトログの動きはおかしかった。

古刀《こ　とう》家を襲撃した際、無理をすれば俺を奪うこともできたように思えたが──あれは苦条《くじよう》の仕事を横取りしないために手を抜いていたということなのか。

「ちなみに骨瀞《ほねとろ》さんの職分は〝夜煌刀《やこうとう》狩り〟です。この神託戦争《しんたくせんそう》を企画したのも実は骨瀞《ほねとろ》さんなんです。開会式で演説していた司教様——闇条《あんじょう》メドウさんではありません。骨瀞《ほねとろ》さんが全部仕切ってるんです」

「神託戦争《しんたくせんそう》も夜煌刀《やこうとう》狩りの一環なのか？　神託戦争《しんたくせんそう》の優勝賞品を集めるために夜煌刀《やこうとう》狩りをしていたんじゃなかったっけ……？」

「神託戦争《しんたくせんそう》はナイトログを誘《おび》き寄《よ》せるためのエサです。少ない夜煌刀《やこうとう》で多くの夜煌刀《やこうとう》を釣っているんです。……つまり、このイベントは、神殿が夜煌刀《やこうとう》を品定めして強奪するための準備会みたいなものでして」

俺は溜息《ためいき》を吐《つ》きたい気分になった。

ナイトログの思考はつくづく悪辣《あくらつ》だ。

「神殿は、昔からそうやって夜煌刀《やこうとう》を集めていたそうです。普通に夜煌錬成《やこうれんせい》したり、ナイトログから奪うのはもちろんですが、たまに特殊な方法を用いて集めているんだとか……神託戦争《しんたくせんそう》みたいな規模のイベントは初めてですけど」

「……で、優勝したらちゃんと賞品はもらえるんでしょうね？」

影坂《かげさか》が問う。確かにそれがいちばん大事だ。

「はい。たぶん。……保証はできませんけど」

「保証しなさいよ！　でないと神殿に襲撃を仕掛けて和花《のどか》を取り戻すしかなくなっちゃうじゃない！」

「はい。本来的にはそれがいいんじゃないかって愚考しています……」

え？　どういう意味？――その場の全員が首を傾《かし》げた。

苦条《くじょう》は何故《なぜ》か俺をまっすぐ見つめて言った。

「兄さん。兄さんにとって神殿は敵であるはずです。覚えていらっしゃいますか……暗闇の中で私と一緒にいた時のことを」

「何言ってるんだ……？」

「兄さんの出自《しゅつじ》です。もったいぶりません。言っちゃいます。兄さんはたぶん、昼ノ郷《デイトピア》で生まれ育った記憶がないはずですよね？」

ノアたちがハッとして俺の顔を見た。

突然話を振られて面食《めんく》らうが、その内容が予想の埒外《らちがい》だったのでさらに驚いてしまった。

俺には幼少の頃の記憶がない。すっぽりと抜け落ちている。

頭の中に残っている最初の記憶は――ぬばたまの闇の中で泣いていた時のこと。そうして母親である古刀昼奈《ことうひるな》に拾ってもらった時のこと。

「兄さんは夜煌刀《やこうとう》狩りで夜ノ郷《ナイトピア》に誘拐されたんです」

「え……」

「いえ、正確には夜煌刀《やこうとう》狩りではなく人間狩りですけど。当時の神殿のテーマは……『無作為に選んだ人間を確実に夜煌刀《やこうとう》に変換する方法』。これは常夜神《とこよがみ》ですらなし得ないことで、だから神殿が血眼《ちまなこ》になって研究していました。兄さんはその犠牲となり……夜ノ郷《ナイトピア》へと連れ去られ、神様へ捧《ささ》げられたのです」

「そんな馬鹿な」

「だから兄さん。神殿は敵なんですよ」

苦条《くじょう》はいつの間にか真剣な表情を浮かべていた。

訴えかけるような。熱意と切実さを孕《はら》んだ瞳に見上げられる。

「私と一緒に神殿を破壊してください。そうすればすべてが解決するんです……」

□

穏やかな夜風が吹いている。

空に浮かんでいる星座はいずれも昼ノ郷《デイトピア》ではありえない形をしていた。しかし天体観測をして感傷に浸ることも許されない——何故《なぜ》なら神託戦争《しんたくせんそう》に浮かされたヨルトナは、どこもかしこもナイトログで大賑《おおにぎ》わいだからだ。

「逸夜《いつや》くん。ココアを飲みますか」

「ん。ありがとう」

宿の庭のベンチに座ってぼうっとしていた時のことである。マグカップを持ったノアが現れた。ありがたく受け取って口をつけてみる。甘かった。

「苦条《くじょう》はどうしている？」

「影坂《かげさか》ミヤとゲームで遊んでいます。遊ばれてるって表現するほうが正しいのかもしれませんが……」

「そうか」

ノアは俺の隣にちょこんと腰かける。薄暗い宵闇の中にあって、その純白の姿は幽霊とか妖精とかのように感じられる。

「……逸夜《いつや》くん。苦条《くじょう》さんが言っていたことって本当なのですか？」

「否定する材料はないし……俺自身にも心当たりがあるような気がする」

第一に、俺は血縁上の父母のことをまったく知らない。気がついたら暗闇の中にいた。あれが夜ノ郷《ナイトピア》だったと仮定するならば、苦条《くじょう》の情報と合致する。

第二に、俺の身体《からだ》の特殊性だ。神殿に捕らえられて得体の知れない実験をされていたとすれば、夜煌刀《やこうとう》でありながら夜煌錬成《やこうれんせい》を発動できるという謎の能力にも説明がつくのではないか。

「ああ。逸夜《いつや》くんは私のお母さん……古刀昼奈《ことうひるな》さんに拾われたって言ってましたよね？」

「逸夜くんは私のお母さん」→

「それは間違いない事実だ。たぶん母さんは夜凪楼《よなぎろう》から逃げてきた時に偶然俺を見つけたんだと思う」

「でもその時、逸夜《いつや》くんは神殿の中にいたんじゃ？　まあ牢獄《ろうごく》に幽閉されていたってわけじゃないのかもしれませんが」

「その点はよく分からないな。どういう状況で拾われたのか覚えていない。何もない真っ暗な荒野だった気もするけど……」

考えても答えは見つかりそうになかった。苦条《くじょう》もあれ以降口を閉ざしている。俺が「もっと詳しく教えてくれ」と頼んでも、「し、神殿を、倒せば解決すると思いますっ……」というオドオドした返答をされるばかり。たぶん苦条《くじょう》も詳しくは知らないのだ。

だが——神殿を倒せと言われても困った。

そもそも「神託戦争《しんたくせんそう》に真正面から挑むべき」と提案したのは苦条《くじょう》なのである。

いったい〝倒す〟というのが何を意味するのか判然としない。

「逸夜《いつや》くん。まずは勝ち進むことだけを考えなくちゃですよ」

「分かってるよ。それしかできることはないからな」

「はい。そして……これは仮の話なのですが……」

ノアが俺から視線を外して正面を見据えた。言いにくいことを言おうとしている時の仕草だった。

「もし勝ち進んでいったとして。衝撃の真実みたいなものが判明したとしても、私は逸夜《いつや》くんのそばを離れたりしませんからね」

「何だよ衝撃の真実って」

「たとえば逸夜《いつや》くんがナイトログだったとか、敵対する組織のメンバーだったとか、あるいはもっとスゴイ何かだったとか……なんかそういう色々なやつです。苦条《くじょう》さんの言葉を考慮してみると、たぶんこのまま進んだら逸夜《いつや》くんの過去が明らかになると思ったので」

妙な心配をする。

「俺はお前の兄だ。変なことは考えなくてもいい」

「そうです。そして私の夜煌刀《やこうとう》でもあります。だからそばにいると宣言しておいたのです」

「ありがとう」

ノアは途端に頬を膨らませた。その心情がよく分からない。

「……素っ気ないですね。いつも逸夜《いつや》くんは素っ気ないですけれど、こういう時くらいもっとデレたらどうなんですか」

「デレ？　どんなふうにすればいいんだ？」

「逸夜《いつや》くんが私のことを大切に思ってくれていることは重々承知しています。その感情をもっと表に出す必要があると思います。逸夜《いつや》くんは案山子《かかし》みたいに表情が変わりませんからね」

普段無表情を貫いているノアにだけは言われたくなかった。これでもちょっと前までよりはマシになったと思うんだけど。

「善処する」

「そうしてください。今は逸夜《いつや》くんを握りしめることができませんから……」

そう言ってノアは俺の服の袖をつまんだ。

恥ずかしそうにそういう仕草をするのはやめてほしい。本当にデレてしまいそうだ。

俺は咳払《せきばら》いをすることで無理矢理心を落ち着けた。

「早いところ片付けてしまおう。やっぱり神託戦争《しんたくせんそう》は優勝しておいたほうがいい」

「はい」

「あと刺客にも気をつけような。神殿が襲いかかってくるかもしれないから」

「はい。逸夜《いつや》くんのことは私が守ります」

ノアは今度はぎゅっと腕にしがみついてくる。湖昼《こひる》湖昼《こひる》湖昼《こひる》——と念じることで平常心を保とうとしたが、よく考えてみれば湖昼《こひる》とはノアのことなのである。それを意識すると途端に気恥ずかしくなってくる。もはや何が何だか分からない。

とにかく明日のことを考えなければ。

石木《いしき》たちを助けるためには、身を粉《こ》にして戦わなければならないから。

だがその時、宿の裏口からこそこそとまろび出てくる人影を発見した。

パーカーのフードをかぶっているせいで顔が見えにくい。しかし服装の時点で見覚えがありまくりだった。

(苦条《くじょう》？　どこに行くんだ……？)

□

「隻手よ。音を奏《かな》でろ」

「や、やめろ……！　やめてくれぇ……」

私の夜煌刀《やこうとう》――独鈷杵《とっこしょ》の〈夜金〉がうなると同時、路地の壁、地面、その他あらゆる物陰から黄金の右腕が現れた。

右腕たちは縦横無尽に宵闇の中を駆け巡り、逃げ惑う神官服のナイトログたちを薙《な》ぎ払《はら》っていく。私はその中でもリーダー格の男――三級神官の意匠を持つナイトログに近寄ると、胸倉をつかんで睨《にら》み下ろしてやる。

「景品はどこにある？　神殿の本部か」

「お、教えてなるものか！　すべては常夜神様《とこよがみ》の思うままだ！　貴様のような不埒《ふらち》な異教徒に屈するわけには――」

「ではお前を殺す」

「ひいい！　分かった教える！　東方常夜神殿本部《とうほうとこよしんでん》の地下だ！」

呆気《あっけ》なく白状されてしまった。

最近の神官は主義も信条もなく権力だけを振りかざす生臭坊主《なまぐさぼうず》が多いと聞くが、噂《うわさ》は間違っていなかったようだ。そちらのほうが殺生戒《せっしょうかい》を破らずに済むのでありがたいのだが。

手刀で三級神官の意識を奪い、薄汚い石畳の上に放ってやった。

陰気な路地裏に転がっているのは——無数の気絶したナイトログである。神殿を嗅ぎ回っていることが露見したらしく、いきなり襲いかかってきたのだ。

だから返り討ちにしてやった。おかげで情報収集できたのでよしとしておく。

《ネクロ様。怪我《けが》はない……？》

「ああ。少しもない」

私の握りしめていた独鈷杵《とっこしょ》が闇に変換されていった。夜素《やそ》はやがて少女の姿を形作ってこの世に顕現する。つややかな黒髪とあどけない表情が特徴的な少女——夜子《よるこ》。私の夜煌刀《やこうとう》にして唯一無二のパートナーだった。

「この人たち、どうしてネクロ様にひどいことするの？　何も悪いことしてないよね？」

「彼らにも彼らの道があるということだ。夜子《よるこ》が気にすることではない」

「ふーん。それよりもハンバーグ食べたいわ……」

「そういえば、夕餉《ゆうげ》がまだだったな。調査はいったん休憩してどこかの店に入ろうか」

「ネクロ様が作ってくれるんじゃあないの……？」

「さすがに今日は無理だ。店のハンバーグで我慢してくれ」

「デザートにアイス食べていい？　大福みたいなあのアイスがいいわ」

「夜ノ郷《ナイトピア》にあるかどうか分からぬが……まあ探してみるとしよう」

「やったあ」

手をつないで夜の道を歩く。

私が目的とするところは『奪われた夜煌刀《やこうとう》の調査・回収』である。骸川帳傘下《むくろがわちょうさんか》のナイトログが夜煌刀《やこうとう》狩りの凶刃《きょうじん》に敗北し、夜煌刀《やこうとう》を奪われてしまったのだ。彼を弔うためにも――そしてこれ以上被害者を出さないためにも、神殿の悪事を暴いておかなければならない。

正攻法は古刀逸夜《ことういつや》に任せておけばいいだろう。

私の仕事は裏側から神殿を追い詰めていくことに他ならない。

「……ねえネクロ様。もう一回だけ〈夜霧〉に会いたいわ」

夜子《よるこ》が上目遣いを向けてくる。

「どうしてだ。まさか復讐《ふくしゅう》を企図しているわけではあるまい」

「お礼を言えなかったもの。あの方のおかげで私とネクロ様は助かったのに……」

私は安心した。古刀逸夜《ことういつや》（と夜凪《よなぎ》ノア）とは殺し合った仲だ。この子が余計な情念を抱いているのではないかと危惧したが、取り越し苦労だったようである。

「では後ほどアポイントメントを取っておこう」

「うん。お願い」

「きちんと挨拶ができるように練習しておきたまえ。古刀逸夜《ことういつや》は挨拶の有無程度で腹を立てたりはしないだろうが、コミュニケーション能力の向上は人間社会を生きていくうえで必須の項目だ」

「頑張る……」

時折、己の教育法が合っているのかどうか不安になる。人間の子供の世話をするなど少し前なら想像すらしなかったことだ。しかし、やると決めたからには最後まで貫き通さなければならない。この夜子《よるこ》という少女が立派に成長するまでは……――

「ぁ……え」

「夜子《よるこ》？」

不自然に夜子《よるこ》が停止した。かと思ったらその場にゆっくりと倒れていく。まるでスロー再生の映像でも見ているかのような気分だった。驚くべきことに――その胸元から血に濡《ぬ》れた刃がにょっきりと生えている。

「ネクロ様……」

「こんばんはぁ」

夜子《よるこ》の苦悶《くもん》の呼び声は、粘着質な挨拶によってかき消される。

いつの間にか背後にシスター服を着た女が立っていた。女は右手に握っていた夜煌刀《やこうとう》をズブリと夜子《よるこ》の身体《からだ》から引き抜いていく。

（音がしなかった。気配もなかった。いったい何故《なぜ》――）

考えている暇はなかった。

私は懐《ふところ》に忍ばせてあった脇差を取り出して一閃《いっせん》。

しかし相手の振るった剣戟《けんげき》によってあっという間に弾《はじ》かれてしまった。

こいつは――一級神官・骨瀞《ほねとろ》ペトラ。

夜煌刀《やこうとう》狩りとして暴虐の限りを尽くしている鬼畜生《おにちくしょう》。

私の傍《かたわ》らには夜子《よるこ》が倒れている。背中を抉《えぐ》られて道路に血の花を咲かせている。

これから夕食を一緒に食べるはずだったのに、その目的が達せられることは永久になさそうだった。

「あたしらのことを探って回ってるんだってえ？　それはちょっと見過ごせないわねえ。常夜《とこよ》神《がみ》の神秘は濫《みだ》りにさらしていいものじゃないからねえ」

やつの手にはぎらぎらした装飾の夜煌刀《やこうとう》が握られている。その刀身に秘められているのは気配を消す呪法《じゅほう》か。それとも瞬間移動する呪法《じゅほう》か。いずれにせよ、夜煌刀《やこうとう》を失った私に対抗策はなかった。

「夜子《よるこ》……」

紅色の瞳を輝かせながら近づいてくる殺人鬼。

心に罅《ひび》が入る音がした。だがそういう苦悩に惑わされてはいけないのだ。仏道に帰依《きえ》する者ならば、ただひたすらに祈るしか道は残されていない。

私は観念して経文を唱える。

「観自在菩薩行深般若波羅蜜多時照見五蘊皆空……──」

□

神殿という組織は夜ノ郷《ナイトピア》のいたるところで権威を発揮している。

その目的は常夜神《とこよがみ》を奉《たてまつ》ること。そして常夜神《とこよがみ》の声を民衆に届けること。

頂点に君臨する者は〝教皇〟と呼ばれている。中央の〝大暗夜聖堂《だいあんやせいどう》〟におわす神聖なるお方で、常夜神《とこよがみ》と直接コンタクトを取ることができるというナイトログだ。

教皇には七人の〝枢機卿《すうききょう》〟がついている。その全員が戦闘のスペシャリスト。階級は一級神官、主に教皇の護衛を仕事としているらしい。

さらにその下にいるのは、四人の司教（二級神官）だ。彼らは夜ノ郷《ナイトピア》の各地に派遣され、それぞれ〝東方常夜神殿《とうほうとこよしんでん》〟〝西方常夜神殿《せいほうとこよしんでん》〟〝南方常夜神殿《なんぽうとこよしんでん》〟〝北方常夜神殿《ほっぽうとこよしんでん》〟を管轄している。

これら地方支部はさらに無数の教会を運営し、常夜《とこよ》八十一爵《はちじゅういっしゃく》といがみ合っているのだった。

私はその末端の末端──風が吹けば飛んでしまいそうなほど薄弱な場所に立っている。七級神官なんてかわりはいくらでもいるのだから。

（逃げることは許されない……でも立ち向かわなくちゃいけない……）

白状してしまえば、私の目的は『古刀逸夜《ことういつや》を利用して神殿を破壊すること』だ。私は満足に夜煌刀《やこうとう》も使えない落ちこぼれ。そんな落ちこぼれがこの地獄のような状況を脱するためには、一にも二にも力が必要だったのだ。

先ほど私は自分の素性を打ち明けた。

あとは兄さんたちが受け入れてくれるかどうかだ。

しかし彼らは――特に影坂《かげさか》さんや火焚《ひだき》さんは私のことを疑っている節がある。自らが潔白であることを証明しなければ、力を貸してもらうことなどできないだろう。

だから今回ばかりは頑張らなければならなかった。

「よし……誰にも見られてないよね」

私はこっそりと宿を出る。

目的地は――もちろん〝ヨルトナ中央病院〟。

神託戦争《しんたくせんそう》の初戦で〈夜霧〉にぼこぼこにされた四級神官、罪倉《つみくら》メガさんと暗藤《あんどう》タルトさんが治療を受けている場所だ。それなりに傷をつけたはずだから、今頃ベッドで苦しんでいるに違いない。

本来なら勝てない相手。

そもそも上級神官に逆らうなんて死罪だ。

でも彼らを放置しておいたらまた狙われる。あの人たちに「苦条《くじょう》ナナを殺せ」という命令をしたのは十中八九骨瀞《ほねとろ》ペトラさんだ。であるならば、彼らも必死になって命令を遂行しようとするはずだ。そうしないと自分たちの命が危ないからである。

ゆえに先手を打っておく必要があった。

(大丈夫。できる。兄さんのために……)

夜のヨルトナはどこもかしこも騒がしかった。人いきれのする往来を避けて裏道を選ぶ。ギャングが縄張りにしているという噂《うわさ》の薄暗い路地だ。

病院まで百メートルもない。

私は脳内で何度もその瞬間をシミュレーションした。

窓から忍び込む。病室を特定する。気配を殺して喉元にナイフを……――

「あら？　こんなところで会うなんて奇遇ねえ」

「え……」

だが私の目論見《もくろみ》は予期せぬ形で打ち崩されてしまった。

路地のど真ん中に見知った女が立っている。

堕落した神官のようないで立ち。人を殺すことに何の躊躇《ためら》いもない紅色の瞳。その大きな口が三日月のような弧を描くのを見た途端、背筋が凍りついていくのを感じた。

「ほ、ほほ、骨《ほね》、瀞《とろ》、さん……？　どうしてこんなところに……」

「どうして？　そりゃもちろん仕事よ。神殿に仇《あだ》をなす不埒《ふらち》なナイトログを始末していたの。

ほら見て、こいつ骸川《むくろがわ》ネクロよ？　あんたも恨みがあったんじゃない？」

骨瀞《ほねとろ》さんの横に誰かが倒れている。

血塗《ちまみ》れのスーツに身を包んだナイトログ――骸川《むくろがわ》ネクロだ。

かつて殺されたトラウマが蘇《よみがえ》ったが、そういう些事《さじ》に煩わされている場合ではなかった。

この人とこのタイミングで遭遇してしまったのは不運極まりない。

何故《なぜ》なら骨瀞《ほねとろ》さんは私のことを処分しようとしているから。

「ん？　どうして恐れの表情を浮かべているのかしら？　あたしのことがそんなに怖いの？　あたしったらとっても優しい一級神官なのに……」

「わ、私のことを、殺そうとしましたよね……？」

「当たり前でしょう？　あんたが愚図愚図しているからいけないのよ。常夜神《とこよがみ》から与えられた自分の使命を忘れちゃったの？　あんたは古刀逸夜《ことういつや》を回収して神殿に捧《ささ》げなくちゃあいけないのよ。なのにどうして遊んでいる？　馬鹿正直に神託戦争《しんたくせんそう》に参加している？　そういう悪い神官はお仕置きしてあげなくっちゃだなァ……」

骨瀞《ほねとろ》さんがゆらりゆらりと近づいてくる。その手にはすでに夜煌刀《やこうとう》が握られていた――しかも二振りも。たった今、骸川《むくろがわ》と戦っていたのだから当然である。

せめてもう少しタイミングがずれていればと思ったが、それもたぶん無駄な期待だ。たとえ夜煌錬成《やこうれんせい》を発動していなくても骨瀞《ほねとろ》さんは強い。素手でタコ殴りにされて終わり。

「ご、ごめんなさいっ……！」

私は頭を下げてから踵《きびす》を返《かえ》した。

暗殺は延期だ。今はこの怪物から逃げ延びなければ――

だが走り出そうとした瞬間、足払いをされて転倒してしまった。

顔面を石畳に打ちつけて悶《もだ》えていると、ぎゅっと髪を引っ張り上げられる。

「失礼じゃない？　あたしから逃げようとするなんて」

「ひいいっ。ごめんなさい、ごめんなさい、そんなつもりじゃ……」

「じゃあどういうつもりだよッ！」

腹部に膝蹴りを叩《たた》き入れられた。

さっき食べたものが逆流してその場にげえげえと吐き出してしまう。

やっぱり容赦がない。この人は怖い。神殿はいつも私のことをいじめる。

骨瀞《ほねとろ》さんは「あはははは！」と喜劇を見る客のように笑った。

「鼻血を出してる暇があったら働きなさいよ！　古刀逸夜《こといつや》はねえ、黒白刀《こくびゃくとう》になっているかもしれない夜煌刀《やこうとう》なの！　野放しにしておくのがどれほど罪深いことか分かっているの⁉」

「わ、分かっています……」

「だったら何故《なぜ》回収しないッ！　神殿に叛意《はんい》ありと見做《みな》されても文句は言えないでしょうが！」

何度も何度も足蹴にしてくる。私は亀のように丸まって耐えることしかできない。

「文句は言えない」？——確かにそうだ。

回収しないのは意図的。私の中には神殿への叛意《はんい》があるのだから。

私は神殿のことが大っ嫌いだ。

暴力を振るってくる人たちのことを好きになれるわけがないじゃないか。

「反省した様子もないわねえ。やはり処分するしかない」

骨瀞《ほねとろ》さんが宝剣をゆっくりと持ち上げていく。

逃げようと足掻《あが》いても無駄だった。ハイヒールで力強く踏みつけられているからだ。剣で斬られる前にヒールで踏み殺されてしまいそうだった。

(駄目だ……運の尽き……)

常夜神《とこよがみ》を恨んだことは一度や二度ではない。

全知全能の神を謳《うた》うならば、夜ノ郷《ナイトピア》に悲劇が起こる余地を残しておくのはどういう了見なのか。

許せない。絶対に復讐《ふくしゅう》してやる。

でも私の力ではどうしようもない。泥刀《どろがたな》は置いてきてしまった。持っていたとしてもこの人には勝てないだろう——そんなふうに諦観しながら死の瞬間に怯《おび》えていた時。

《——苦条《くじょう》！　今助けてやる！》

「骨瀞《ほねとろ》ペトラ！　こないだの借りは返しますっ……！」

頭上から声が聞こえてハッとした。

星々の光を背負いながら急降下してくる影が一つ。

白い髪が夜空になびく。その手に握られているのは――夜よりも濃い黒の夜煌刀《やこうとう》。鋭利な切っ先が、今まさに私の命を奪おうとしている不埒者《ふらちもの》へと向けられている。

思わず歓喜に震えた。

まさかあの人が助けに来てくれるなんて――

「兄さんっ……！」

□

ノアの反対を押し切って尾行した甲斐《かい》があった。

苦条《くじょう》が向かった先に待っていたのは、骸川《むくろがわ》とその夜煌刀《やこうとう》を痛めつけている骨瀞《ほねとろ》ペトラだったのである。もしや苦条《くじょう》が骨瀞《ほねとろ》とつながっているのでは――という懸念《けねん》は一瞬で吹き飛んでしまった。骨瀞《ほねとろ》が苦条《くじょう》を容赦なく殺そうとしたからだ。

「はあああっ……――！」

ノアが掛け声とともに斬りかかる。

骨瀞《ほねとろ》は宝剣を構えて不敵な笑みを浮かべ——次の瞬間、全身に痺《しび》れるような衝撃が走る。俺の刀身と骨瀞《ほねとろ》の宝剣がぶつかり合ったのである。

鍔迫《つばぜ》り合《あ》いを演じながらノアが叫んだ。

「苦条《くじょう》さんから離れてください！　あなたのやっていることは間違っていますっ！」

「なぁに？　そのゴミ屑《くず》に絆《ほだ》されちゃったの？　そいつは神殿の忠実なしもべなんだけど？」

「苦条《くじょう》さんが神官であることは分かっています」

「あっそ——どうでもいいけど死ね！」

「え？　きゃっ」

骨瀞《ほねとろ》はこの間、左手の宝剣だけでノアの一撃を受け止めていたのだ。ずっと遊ばせていた右手——装飾のないシンプルなロングソードが閃《ひらめ》き、ノアの脇腹の辺りをかすかに抉《えぐ》った。

血の雫《しずく》が飛び散ることはない。

切り傷は【不死輪廻《ふしりんね》】の夜素《やそ》によって一瞬で回復してしまった。

「へえ……呪法《じゅほう》だけはそれなりなのねえ」

骨瀞《ほねとろ》は口笛を吹いてバックステップ。

しかしノアは一息つくことも許さず踏み込んだ。強化された脚力によって彼我《ひが》の距離は一瞬で踏破され、必殺の気合を乗せた一刀が高速で叩《たた》きつけられようとして——

空《くう》を切る感覚。

いつの間にか目の前から骨瀞《ほねとろ》が消えていた。

「え……⁉」

ずぶりと肉を抉《えぐ》るような音がした。隣で見ていた苦条《くじょう》が「ひゃあぁ」と悲鳴をあげる。

突如として背後に出現した骨瀞《ほねとろ》が、宝剣でノアの心臓を抉《えぐ》っていた。

胸から刃が突き出ている。常人ならば即死の一撃。

「な……ん、ですか……その呪法《じゅほう》は……」

「もう気づいているんでしょ？　こっちの宝剣は銘を〈左楼《さろう》〉っていうの。その呪法《じゅほう》は好きな場所に瞬間移動することができる【亜空絶影《あくうぜつえい》】――って、本当にしぶといわねえ？　これでも死なないの？」

骨瀞《ほねとろ》が剣を引き抜いてノアの背中を蹴り飛ばした。

ノアはよろよろとつんのめり、しかし転倒することなく持ちこたえる。

モヤモヤとした宵闇が傷口に集まり、あっという間に治療してしまった。

ノアは骨瀞《ほねとろ》のほうに向き直りながら言った。

「……瞬間移動。それは反則級ですね」

俺は倒れている骸川《むくろがわ》たちに視線を走らせた。死んではいないが、放置しておけば遠くないうちに息絶えてしまうことは明らかだった。特に骸川《むくろがわ》の夜煌刀《やこうとう》である夜子《よるこ》の傷がひどい。あまり戦いを長引かせるわけにはいかない。

「それを言うならそっちのほうが反則でしょ？　やっぱり黒白刀《こくびゃくとう》は成功していたみたいねぇ」

「黒白刀《こくびゃくとう》？　何ですかそれは」

「あら、そこのポンコツから知らされてなかったの？」

苦条《くじょう》がびくりと肩を震わせた。

その単語は苦条《くじょう》の口から聞いた覚えがある。

「黒白刀《こくびゃくとう》っていうのはナイトログの性質を持った夜煌刀《やこうとう》のことよ。夜煌刀《やこうとう》に常夜神《とこよがみ》の夜素《やそ》を注入することで、夜と昼の性質を併せ持つ存在を作り出すことができるの」

「はあ……？」

「神殿は昔からこの研究をしているの。どうやったら黒白刀《こくびゃくとう》を作り出せるか……どうやったら夜素《やそ》の注入が上手《うま》くいくか……結局、成功したのはたったの五つだけだけど。そのうちの一つが〈夜霧〉ってわけ」

よく意味が分からなかった。

黒白刀《こくびゃくとう》とは何なのか。何故《なぜ》それを作り出す必要があるのか。

しかしここで悠長に問《と》い質《ただ》している時間はない。早く骨瀞《ほねとろ》を仕留めて骸川《むくろがわ》たちを病院に連れて行かなければならなかった。いくら殺し合った仲とはいえ、目の前で死なれては寝覚めが悪すぎる。

《……ノア。色々と聞き出すのはあいつを捕まえてからにしよう》

「そうですね。分かっています。……覚悟してください、骨瀞《ほねとろ》さん」

「ぷ」

骨瀞《ほねとろ》が噴き出した。

「――あははははは！　捕まえる？　あたしを？　あんたたちが？　寝言は寝て言いなさいよ！」

「寝言じゃありません！　逸夜《いつや》くんと一緒なら――」

「不可能に決まってるだろうが！　あたしとお前たちとでは天と地ほどの差がある。それが理解できていないようじゃ、この先命がいくつあっても足りないわよ？　あ、『先』なんてものはろくに残されていないけれどね」

あはははは――再び骨瀞《ほねとろ》は大声で笑った。

徐々に人の声が聞こえてくる。

騒ぎを聞きつけたナイトログたちが集まってきているようだ。

ノアが俺を構えて骨瀞《ほねとろ》を睨《にら》んだ。

「そんなこと……やってみなければ分かりません。先の六花戦争《ろっかせんそう》でも、私たちのことを侮《あなど》っているナイトログが大半でした」

「だから何？」

「あなたも同じように負けるかもしれないってことです」

「ありえない。だって常夜神《とこよがみ》に見初められた一級神官だもの。中央の枢機卿《すうききょう》になれる資格だってあるの。そこらにいる雑魚《ざこ》どもとはわけが違うのよ——だから相手が黒白刀《こくびゃくとう》でも負ける気はしないわ」

「だから！　やってみないと分からないって言ってますっ」

「や、や、やめてください！　ノアさん……」

苦条《くじょう》が泣きそうな顔で縋《すが》りついてきた。

ぶんぶんと首を横に振って懇願するように言う。

「骨瀞《ほねとろ》さんが持っている夜煌刀《やこうとう》は、どっちもステージ4です……合わせて8みたいなもんです……い、いくら兄さんの呪法《じゅほう》が強くっても、あんなの相手じゃ勝てませんっ！」

ステージ4と言われてもピンとこない。

だが苦条《くじょう》の恐れようからして相当な強さを誇っていることは確かだった。

骨瀞《ほねとろ》はにこやかに手を振って踵《きびす》を返《かえ》す。

「今日は見逃してあげるわ！　あんまり秩序を乱すと常夜神《とこよがみ》に怒られちゃうからねえ。命拾いしたことを喜んでおきなさい」

「ま、待ってください……！」

「それじゃ、あたしに狩られるその時を楽しみにしていなさい」

骨瀞《ほねとろ》の姿がぶれるようにして消えた。【亜空絶影《あくうぜつえい》】という呪法《じゅほう》を発動したのだろう。

ノアが悔しそうに表情を歪《ゆが》め、

「逃がしてしまいました。あとちょっとだったのに……」

《そうだな。だが今は骸川《むくろがわ》たちをなんとかするほうが先だ》

「あっ……！」

ノアが倒れている骸川《むくろがわ》を見て目を丸くした。

ひとまず救急車を呼ぶ必要があるが——夜ノ郷《ナイトピア》に救急車ってあるんだっけ？

□

幸いにも病院はすぐそこだった。

さすがに救急車はなかったが、夜ノ郷《ナイトピア》にも医療機関は存在しているらしい。保険制度がないので高額の治療費をとられるらしいが、そんなことを気にしている場合ではない。

【不死輪廻《ふしりんね》】によって身体能力を強化されているノアは、骸川《むくろがわ》と夜子《よるこ》を背負って病院へ直行した。医者によれば、二人とも意識不明の重体らしいが、辛《かろ》うじて息はつながれていた。後は天に任せるしかないだろう。

「骨瀞《ほねとろ》ペトラ……彼女の目的はいったい何なのでしょうか……」

病院からの帰り道。

ノアが神妙な顔をしてそんなことを呟《つぶや》いた。

苦条《くじょう》がおどおどと口を開く。

「あ、あの人は、神官は全員そうですけど……常夜神《とこよがみ》のために戦っています。だから今回の目的は、黒白刀《こくびゃくとう》になれそうな夜煌刀《やこうとう》を集めることです」

「その……黒白刀《こくびゃくとう》を集めることが常夜神《とこよがみ》のためになるのですか？」

「はい、たぶん、おそらく。黒白刀《こくびゃくとう》っていうのは、あの人も言ってましたけど、人間とナイトログ、どちらの性質も併せ持つ特殊な存在のことです。常夜神《とこよがみ》は昼ノ郷《デイトピア》を――人間を支配しようと思し召《おぼめ》しですから、人間をナイトログに変換する技術の確立は、たぶん、急務なのだと愚考します……」

「おいちょっと待て。常夜神《とこよがみ》ってのはあっちの世界も支配しようとしてるのか？」

「はい。そうです。間違いありません。昼ノ郷《デイトピア》には常夜神《とこよがみ》の手が届きませんから……昼ノ郷《デイトピア》を夜素《やそ》で満たし、常闇《とこやみ》の世界にすることが常夜神《とこよがみ》の、そして神殿の目的なんです」

それってかなりマズイ話なんじゃないだろうか。いずれはナイトログが昼ノ郷《デイトピア》に攻めてくる――なんて事態も想定しておく必要があるのか。

だが今はそれよりも黒白刀《こくびゃくとう》とやらの事情が気になった。

「黒白刀《こくびゃくとう》っていうのは何なんだ？　神殿は何を研究しているんだ？」

苦条《くじょう》が言葉を詰まらせる。

しかし隠しても無駄だと悟ったのか、おずおずと言葉を紡《つむ》いだ。

「骨瀞《ほねとろ》さんの言った通りです……黒白刀《こくびゃくとう》っていうのは夜煌刀《やこうとう》と化した人間に常夜神《とこよがみ》の夜素《やそ》を注入することでごく稀《まれ》に生成されます。常夜神《とこよがみ》の支配下に置かれた夜煌刀《やこうとう》……といいますか。つまり普通の夜煌刀《やこうとう》は常夜神《とこよがみ》から切り離されていますが、黒白刀《こくびゃくとう》はナイトログと同じように、直接常夜神《とこよがみ》の庇護《ひご》を受けることができる夜煌刀《やこうとう》なんですね」

「庇護《ひご》って何だよ」

「常夜神《とこよがみ》のルールに従って生きるということです……たとえばこの神託戦争《しんたくせんそう》では『契約関係を無視してペアの夜煌刀《やこうとう》を起動することができる』っていう特殊ルールがありますけれど、これは、常夜神《とこよがみ》の庇護《ひご》下でなければ受けられない恩恵ですよ」

「ん？　普通の夜煌刀《やこうとう》は常夜神《とこよがみ》に支配されていないんだよな？」

「はい……そうですけど」

「じゃあ何で神託戦争《しんたくせんそう》で特殊ルールを付与できるんだ？」

「あ、それは……たぶん、ナイトログと夜煌刀《やこうとう》の契約が常夜神《とこよがみ》の管轄だからです。ナイトログに対して課しているんです……『このナイトログはこの夜煌刀《やこうとう》としか契約できない』みたいな感じで。神託戦争《しんたくせんそう》では、ナイトログ側の制約をいじっているのでしょう」

「なるほど……」

「とにかく黒白刀《こくびやくとう》は常夜神《とこよがみ》の恩恵を受けた夜煌刀《やこうとう》。特別な逸品なんです」

なんとなく理解できてきた。

が、はたしてそれは恩恵なのだろうか。

強制的に神への信奉を運命づけられるなんて——

「で、俺がその黒白刀《こくびやくとう》だっていうのか」

九条はこくりと頷《うなず》く。

「兄さんは……神殿が作り出すことができた数少ない黒白刀《こくびやくとう》のうちの一つなんです」

「誘拐された時に作り替えられたのか？」

「はい。そもそも当時の研究テーマは……さっきも言いましたけど『無作為に選んだ人間を確実に夜煌刀《やこうとう》に変換する方法』でした。夜煌錬成《やこうれんせい》は非常に不確かな技術ですから、常夜神《とこよがみ》と神殿はそれに替わる新しい錬成技術を開発しようとしていたんです」

確かに夜煌錬成《やこうれんせい》は非効率的だ。ほとんどの確率で失敗する。失敗したら人間は物言わぬナマクラになってしまう。

「その方法として最初に試されたのが……常夜神《とこよがみ》の夜素《やそ》を注入すること。しかしこれは失敗でした。モルモットである人間たちの多くは、深すぎる闇に耐えることができず死に至ったのです。でも兄さんは違いました……兄さんはそのまま夜煌刀《やこうとう》に変換されたんです」

「え？　じゃあ逸夜《いつや》くんは私が夜煌錬成《やこうれんせい》をする前から夜煌刀《やこうとう》だったってことですか……？」

「そうです。兄さんは最初から夜煌刀《やこうとう》だったんです。夜煌錬成《やこうれんせい》で夜煌刀《やこうとう》になったわけではないので夜煌紋《やこうもん》はなかったかと思いますが……それはそれとして、常夜神《とこよがみ》の夜素《やそ》を注入するという手法は失敗でした。だって兄さん以外はほとんど死んでしまったのですから」

何故《なぜ》俺だけ特殊なのかが気になるところだった。

たまたまそういう体質だった——ということなのだろうか。

俺の疑問を察したのか、苦条《くじょう》は首を振って答えた。

「に、兄さんが、どうして常夜神《とこよがみ》の夜素《やそ》に適合したのかは分かりません……でも兄さんは特別でした。夜煌刀《やこうとう》になったばかりか、ナイトログとして夜煌錬成《やこうれんせい》を使うこともできるようになってしまったのですから」

「それを神殿の連中は知っているんだな？」

「はい。そうです。そして常夜神《とこよがみ》はお喜びになられました。これこそ人間を支配する最高の方法だ——って。それ以来、神殿は夜煌錬成《やこうれんせい》に替わる技術の開発をいったん凍結し、黒白刀《こくびゃくとう》を作り出すための研究に没頭し始めました。そして分かったのは……人間に夜素《やそ》を注入するよりも夜煌刀《やこうとう》に夜素《やそ》を注入するほうが成功率が高いということ」

苦条《くじょう》の表情に影が落ちた。何かを嚙《か》みしめるように言葉を続ける。

「神殿は兄さんの他に四つの黒白刀《こくびゃくとう》を作り上げました。兄さん以外は夜煌刀《やこうとう》に夜素《やそ》を注入することによって実現しています……成功率が高いといっても全然成功しませんが、夜煌刀《やこうとう》はすでにナイトログの夜素《やそ》に馴染《なじ》んでいるため、人間みたいに即死するわけではありません」

「ということは……神殿が夜煌刀《やこうとう》を集めている理由はそれですか？　黒白刀《こくびゃくとう》を作る素材を手に入れるために……」

「そうだと愚考します……前にも言いましたが、神託戦争《しんたくせんそう》はそもそも都合のいい夜煌刀《やこうとう》を見定めるためのイベントです。神殿の行動原理はすべて夜煌刀《やこうとう》を集めること……黒白刀《こくびゃくとう》になりそうな逸品を見つけることなんです」

神託戦争《しんたくせんそう》は夜ノ郷《ナイトピア》の至るところで話題になっているそうだ。各地からナイトログたちが集まっているのを見るに、神殿の目論見《もくろみ》はまんまと達成されたのだろう。

いずれにせよ、今回の騒動もろくでもない陰謀に端を発していたのだ。

石木《いしき》たちが攫《さら》われたのも、骸川《むくろがわ》が瀕死《ひんし》の重傷を負ったのも、苦条《くじょう》が骨滯《ほねとろ》に殺されそうになったのも。

「苦条《くじょう》さん。逸夜《いつや》くんはどうやって神殿を抜け出したのですか」

「え？」

「逸夜《いつや》くんが唯一、常夜神《とこよがみ》の夜素《やそ》によって夜煌刀《やこうとう》、黒白刀《こくびゃくとう》になった存在であることは分かりました。でもそんなレアな人材を神殿がみすみす逃すとは思えないのですが」

「ああ。それは単純です。事故があったからですよ」

苦条《くじょう》は懐《なつ》かしむように言う。

「詳しくは覚えていませんけれど……何かの爆発があって。神殿のナイトログたちが大勢死んじゃったんです。その隙に兄さんは逃げ出して……たぶん、昼ノ郷《デイトピア》での保護者に拾われたのではないでしょうか」

「では神殿はずっと逸夜《いつや》くんのことを捜していたのですか？」

「も、もちろんです。でも居場所はずっと分からなくて……だけど、こないだの六花戦争《ろっかせんそう》が夜ノ郷《ナイトピア》でも話題になった際、ノアさんの持っている夜煌刀《やこうとう》が兄さんなんじゃないかって騒ぎになりました。だから私は兄さんが兄さんであることを調べて回収するように命じられたんです」

「誰に？　骨瀞《ほねとろ》か？」

「いいえ。常夜神《とこよがみ》から」

「あなたは常夜神《とこよがみ》と話すことができるのですか？」

「お話しはできません。でも神官は神託《しんたく》を受け取ることができますから……」

苦条《くじょう》はどこか悲しそうに星空を見上げた。

常夜神《とこよがみ》はナイトログでさえ知覚することの難しいモヤモヤした存在だと聞いていたが、特定の手段をもってすればコンタクトが可能なのかもしれない。

昼ノ郷《デイトピア》への侵攻を企てている邪悪な神。その神を信奉する凶悪な神官たち。

いずれも無視しておくことはできない。

「俺たちはこれから何をすればいい？」

「神殿の破壊がよいかと愚考します……東方常夜神殿《とうほうとこよしんでん》のトップは二級神官である司教・闇条《あんじょう》メドウですが、それをマリオネットのように支配しているのが骨瀞《ほねとろ》ペトラです。だから……骨瀞《ほねとろ》さんをなんとかしなくちゃ……」

「でも居場所が分からないですよね？　神出鬼没というかなんというか」

「はい。でも。たぶん……さすがに神託戦争《しんたくせんそう》の授賞式とかには出席すると思います。あの人、優勝したナイトログに景品をプレゼントする係って言ってましたから……」

「じゃあやることは変わっていないな」

石木《いしき》たちのことも心配だし、神託戦争《しんたくせんそう》で優勝することは必須のようだった。

ノアが「苦条《くじょう》さん」と真面目な表情で振り返る。

「あなたは私たちの味方でいいのですよね？」

「え……!?」

「神託戦争《しんたくせんそう》で優勝して周りの人を見返したいと言っていました。私はその思いに共感して逸夜《いつや》くんの使用を許可したのですが……これ以上何か隠し事があるようだったら、逸夜《いつや》くんは返却していただきますからね」

「か、隠し事なんてありません！　私が神託戦争《しんたくせんそう》に優勝したいのは本当です！　今までずっと侮《あなど》られてきましたから……それを見返すためにも！　し、神殿の、人たちに、私がどれだけの思いを抱いていたかを知ってもらうためにも……！　やっぱり兄さんと一緒に勝ち進まなければならないのだと愚考しています……」

「本当ですか？」

「本当です……それに。ノアさんと兄さんは私を助けてくれました。お二人が来てくれなければ、今頃私は骨瀞《ほねとろ》さんに殺されていたと思います。恩人に隠し事なんてできません。そんな度胸はありません。……え、えっと、お礼がまだでした。その節は本当にどうもありがとうございました」

ぺこりと頭を下げる。

苦条《くじょう》の頭の中にあるのは神殿に対する混じりけのない復讐心《ふくしゅうしん》だけのようだ。それ以外の不《ふ》埒《らち》な企《たくら》みは一切ない――らしい。

「では一緒に頑張りましょう。改めてよろしくお願いします」

「こ、ここここちらこそよよよよろしくお願いします……」

苦条《くじょう》がキョドっている理由はノアに握手を求められたからである。

恐る恐るといった様子で腕を持ち上げて――ぎゅっと握り返す。

ノアも引っ込み思案な性格だが、苦条《くじょう》の前だと霞《かす》むような気がした。

「……神託戦争《しんたくせんそう》はこれからどんなスケジュールなんだ？」

「は、はい、初戦の成績を考慮してシード権とか色々あるみたいですけど……とりあえず、明日から私たちは五連戦することになっています。トーナメント制なので、全部勝てば優勝ということになります」

「長い道のりだな……」

「大丈夫です。私たちには逸夜《いつや》くんがいますから」

ノアが自信満々といった様子で俺に微笑《ほほえ》みかけてくる。

全幅の信頼を置いてくれているのは嬉《うれ》しいが、はたしてそう上手《うま》くいくものだろうか。

俺は夜ノ郷《ナイトピア》の暗い夜空を見上げながら、密《ひそ》かに嘆息するのだった。

□

ところが、神託戦争《しんたくせんそう》で俺たちが苦戦することはついぞなかった。

それから二回戦、三回戦と戦闘が行われ、決勝戦である六回戦も行われたが、すべて【不死《ふし》輪廻《りんね》】の力をもってすれば問題なく対処できるレベルだった。

「ぐ……あああっ……」

悲鳴をあげてその場に転倒するナイトログ。決勝戦まで勝ち進んできた猛者《もさ》――であるはずなのだが、身体能力を強化された苦条《くじょう》の動きにはついてこられなかった。

苦条《くじょう》が鮮やかな剣筋《けんすじ》を描くと、それだけで相手のナイトログは昏倒《こんとう》してしまったのである。

「勝者――苦条《くじょう》ナナと夜凪《よなぎ》ノア！」

審判が片手を挙げた瞬間、客席にたむろしていたナイトログたちが絶叫した。

決勝戦ということもあってか観客の数も尋常ではない。

苦条《くじょう》によれば、神託戦争《しんたくせんそう》の噂《うわさ》は夜ノ郷《ナイトピア》のいたるところに広まっているらしいのだ。

「は……あははは……本当に勝っちゃいました……」

苦条《くじょう》がぺたりとその場に座り込んだ。ノアも泥刀《どろがたな》を土くれに戻して気を緩めている。

俺は安堵《あんど》の溜息《ためいき》を吐《つ》きたくなった（刀なので息を吐くこともできないが）。

これで神託戦争《しんたくせんそう》は終了である。

少々――というか非常に呆気《あっけ》なかった感はあるが、当初の目的は達成することができた。あとは優勝賞品である石木《いしき》と和花《のどか》をいただくだけだ。

「これから賞品授与式と閉会式を行う！　優勝者から八位までの者はこちらへ来い！　おいこら、いつまでもボケッとしているな！」

神官服を着た係員たちが怒鳴り散らしている。

どこかで空砲が打ち上げられ、神託戦争《しんたくせんそう》は収束に向かって盛り上がっていく。

客席から駆け寄ってきた影坂《かげさか》とカルネが「よくやったわ逸夜《いつや》！」「これで水葉《みずは》が戻ってきますね～っ！」と感極まったように飛び跳ねている。

（……ん？）

ふと、背後から強烈な視線を感じたような気がした。
振り返ってみると、客席の中ほどからこちらを睨《にら》みつけている女の姿が見えた。
真っ黒いシスター服。底意地の悪そうな紅色の笑み——骨瀞《ほねとろ》ペトラ。
まだ何かを企《たく》んでいるらしい。
たとえ神託戦争《しんたくせんそう》で優勝したとしても、あの女をどうにかしなければ何も解決しない。

4　エキシビション

「ここの連中はおかしい。俺は必ず脱出してやる」

先の見えない宵闇の中のことだ。多くの子供たちが絶望の淵《ふち》に立たされ泣いているその状況で、しかし古刀逸夜《ことういつや》だけは最後まで諦めなかった。

ここは〝研究所〟と呼ばれていた。

はるか数年後になって分かったことだが、この研究所は東方常夜神殿《とうほうとこよしんでん》が管轄する実験場で、当時は昼ノ郷《ディトピア》から攫《さら》ってきた人間を強制的に夜煌刀《やこうとう》に変換する技術の開発が行われていた。

モルモットは全部で十七人。男子と女子はだいたい半々。

いずれも神官たちが昼ノ郷《ディトピア》から密輸した人間の子供たちだ。おそらく向こうの世界では警察沙汰になっていたはずだが、人間にとっては一度宵闇に誘《いざな》われてしまった者を取り戻すことは難しい。

牢獄《ろうごく》のような場所での生活を強いられた。

食事は一日に二度。粗末な豆のスープばかり。部屋の中はじめじめとしてかび臭かった。周りの子供たちが四六時中泣いているものだから、私はそのうち気がどうにかなるのではないかと思った。

「泣くな。お前たちは常夜神様《とこよがみ》に捧《ささ》げられたのだ。光栄なことと思え」

神官たちはさも名誉なことであるかのように子供たちを宥《なだ》める。

異郷の神の素晴らしさをあれこれ説かれても慰めにはならなかった。

得体の知れぬ場所に連れ去られ、わけの分からぬ赤目の異人たちに飼われる日々は、私たちに想像を絶する苦痛をもたらした。

仲間は徐々に数を減らしていった。

神官たちが一人、また一人と牢獄《ろうごく》から連れ出すのである。連れ出された子は二度と戻らず、神官に聞いても「彼らは元の場所へ帰っていったのだよ」と説明するだけだった。

そんなものは嘘《うそ》に決まっていた。

きっと殺されてしまったのだ――言葉には出さなかったが、残された子供たちの全員がそう了解していた。

次は自分の番なのではないか。無惨《むざん》に殺されてしまうのではないか。

そういう恐怖に押し潰されそうになっていた。

私も例に漏れず泣いていた。どうすることもできなかったのだ。相手はよく分からない魔法を使うバケモノだ。抵抗しようにも足が竦《すく》んで動くことができなかった。

だが……あの人だけは違った。

古刀逸夜《ことういつや》だけは、何があっても挫《くじ》けることはなかった。

「大丈夫だ。助かる方法はまだ残されている」

「え……？」

震える私に向かってそんな優しい言葉をかけてくれた。

すでに十七人いた子供たちは七人に数を減らしている。あれだけぎゅうぎゅう詰めだった牢《ろう》獄《ごく》もすっきりとしてしまい、むしろ寂しいくらいだった。

古刀逸夜《ことういつや》は、獰猛《どうもう》な笑みを浮かべてこんなことを言った。

「やつらは一人ずつでしか見回りに来ないんだ。しかもずっと観察していて分かったけど、やつらは刀を持っている時しか魔法が使えない。持っていない時を見計らって全員で襲いかかればば、余裕で倒せる。その隙に逃げ出すことができる」

「でも」

「心配するな。逃げた後のこともきちんと考えてあるさ」

「でも……！　もし失敗したら殺されちゃうよ……」

古刀逸夜《ことういつや》は鼻で笑った。こんな状況で余裕をかましていられるのが信じられなかった。私の瞳をまっすぐ見つめながら言った。

「じっとしていても殺されるだろ。お前はずっと泣いているけれど、それじゃあ前に進むことはできない。不安なら俺に従っていればいい。俺がなんとかする」

それは無限大の勇気に彩《いろど》られた言葉。

それまでずっと絶望のどん底に突き落とされていたが、初めて希望の光を見たような気がした。本当に助かるかどうかは問題ではなかった。

（この人のそばは明るい）

それだけで満足だった。

私は古刀逸夜《ことういつや》についていくことを決めた。

こうして牢獄《ろうごく》からの脱出作戦が始まった。

□

「出ろ。これから閉会式を執り行う」

牢獄《ろうごく》で転寝《うたたね》をしていた時、不意に神官どもが訪れてそんなことを告げた。

僕はいてもたってもいられず神官に詰め寄る。

「へ、閉会式……⁉　ってことは神託戦争《しんたくせんそう》は終わったのか⁉」

「いいから出ろ！　貴様らにとってはどうでもいいことだ！」

「どうでもよくはないでしょ！　だって僕たちは優勝賞品なんだから——ぐえ」

腕をつかまれて強制的に立たされる。神官どもは無駄話をするつもりは一切ないらしく、牢《ろう》獄《ごく》で絶望していた夜煌刀《やこうとう》たちを問答無用で連れ出していく。

隣を歩かされている和花《のどか》が「ふぇぇ」と情けない悲鳴をあげて身じろぎしていた。

「もう最悪……せめてお風呂《ふろ》入りたいんですけど……」

「お風呂《ふろ》とか言ってる場合じゃないだろ。これから僕たちの命運が決まるってのに」

「ああ……そういえば誰が勝ったんでしょうか？　やっぱり古刀逸夜《ことういつや》さん……？」

「そう思いたいけどね。実際【不死輪廻《ふしりんね》】を使えば不可能じゃないだろうし」

「でも。私たちって全員古刀《ことう》さんに与えられる賞品なんでしょうか？」

「え……？」

「だってほら。八人もいるじゃないですか。それぞれ八位の人にまで配られる……なんてことになったら面倒ですよ」

それは考えたこともなかった。ノア以外の手に渡ったらそれだけで争いの火種になるかもしれない。

「──心配いらないわよ？　景品は優勝者が総取りだから」

「うわああ!?」

耳元で囁《ささや》かれて飛び跳ねてしまった。

いったい誰の仕業かと思って振り返り──振り返った瞬間、心臓が凍りついたような恐怖に襲われる。

そこに立っていたのは、幾度となく夜煌刀《やこうとう》たちを虐《しいた》げた堕落シスター、骨瀞《ほねとろ》ペトラ。

神官たちも突然の上司降臨に慌てふためいている。

「骨瀞《ほねとろ》様……！　いったいどのようなご用件でしょうかっ」

「大したことじゃないわ。ちょっと景品たちの様子を見てみたくなってねぇ」

骨瀞《ほねとろ》が舐《な》め回すような視線を向けてきた。

暇なのだろうか。というかこいつは何を企《たくら》んでいるのだろうか。

疑問は尽きなかったが、下手に口を開けば殺される可能性もあるため、僕を含めた夜煌刀《やこうとう》たちは口を噤《つぐ》むことしかできなかった——はずなのに、

「あのぉ。骨瀞《ほねとろ》ペトラさん……でしたっけ？　暇なんですか？」

あろうことか和花《のどか》が口を開いていた。

空気が凍る。

こいつは馬鹿なのか——僕はその罵倒を寸前のところで呑《の》み込んだ。

「……暇？　あたしが暇に見えるの？」

「だってそうじゃないですか。ことあるごとに牢獄《ろうごく》にやって来ては乱暴していくんですよ？　申し訳ないけど暇人にしか見えないっていうか……」

もういい。やめろ。黙りやがれ。いや他人のフリをしよう。

僕はそっぽを向いて無表情を作った。前々から鈍いやつだとは思っていたが、ここまでとは思ってもいなかった。影坂堂《かげさかどう》はあれで苦労人なのかもしれない。

はてさて和花《のどか》はどんな仕打ちを受けるのやら——戦々恐々としながら状況を見守っていると、意外や意外、侮辱された骨瀞《ほねとろ》は馬鹿のように大笑いをした。

「くーーあはははは！　暇人か！　確かにそう見られても仕方ないわねえ！」

「な、何がそんなにおかしいんですか……ちょっとキモいですよ」

正確にはちょっとどころではなくかなりキモい。いずれにせよそれを口に出せる勇気がすごい。骨瀞《ほねとろ》はおかしくてたまらないといったふうに目元を拭い、

「あたしにそんな態度で接してくる輩《やから》は初めてねえ——いいわ、その無謀を讃《たた》えて教えてあげる。あたしがここに来た理由はね、そりゃもちろん優勝者に夜煌刀《やこうとう》を授与するためよ」

「そういう係なんですか？」

「当たり前でしょ？　神託戦争《しんたくせんそう》を企画したのはあたしなんだから」

骨瀞《ほねとろ》は邪悪な微笑《ほほえ》みを浮かべ、

「でも今回はその役目を果たすことはできそうにないわねえ。だって優勝者が不正をしていることが発覚したんだもの」

「不正？」

「知ってる？〈夜霧〉は東方常夜《とうほうとこよ》神殿《しんでん》が管理している特殊な夜煌刀《やこうとう》なの。やつらはそれを無断で使用して神託戦争《しんたくせんそう》に臨んだ——これって常夜《とこよ》神《がみ》を冒瀆《ぼうとく》する罪深い行為だと思わない？」

本気で何を言っているのか理解できなかった。

〈夜霧〉とは間違いなく古刀《ことう》のこと。じゃあノアたちは優勝したのだろうか。でも不正行為とはいったい何だろう。それに〈夜霧〉が神殿の所有物という話も意味が分からない。

和花《のどか》がきょとんとした顔で、

「……え？　もしかして最初っから私たちを授与するつもりなんてなかったんですか？」

「そんなわけないでしょお？　正当な手段で優勝したならちゃんと夜煌刀《やこうとう》は渡すつもりだったわよ。でもね、夜凪《よなぎ》ノアと苦条《くじょう》ナナは不正をしたの。だから閉会式の場で殺すことになっているの。あんたたちは繰り上げで優勝になった二位のナイトログに与えるわ」

「ちょ……ちょっと待て⁉」

僕はたまらず口を挟んだ。

「ノアたちを殺す……⁉　それってどういう意味だ⁉　ノアは優勝したんでしょ、だったら僕たちはあいつに引き渡されるはず――」

「不正したって言ってんだろうがよッ‼」

頭部に衝撃。僕はひとたまりもなくその場に転倒した。じんじんと頭部が痛んでいることから察するに、骨瀞《ほねとろ》に拳で殴られたらしい。

「いいか、そもそも〈夜霧〉は神殿の所有物だったんだ！　それをてめえ、許可なく好き放題に使いやがって！　常夜神《とこよがみ》のものは常夜神《とこよがみ》のもの！　それを分かっていないウスノロが多すぎるのよ、嫌になっちゃうわ！」

「は、はあ……？　古刀《ことう》はそもそもノアの所有物……」

「だから違うって言ってんだろうがッ！」

骨瀞《ほねとろ》は何度も僕を蹴りつけた。頭を腕でガードしながら必死で耐えていると、ほどなくして暴力が止まった。恐る恐る見上げてみれば、骨瀞《ほねとろ》は邪悪極まりない笑みを浮かべてこちらを見下ろしてくる。

「……ま、別にいいけどね。あんたみたいな異教徒の言葉でいちいち心を動かすのもどうかしている。夜凪《よなぎ》ノアも苦条《くじょう》ナナもじきに死ぬわ。あたしが殺す。〈夜霧〉はしっかり神殿が回収してあげる」

骨瀞《ほねとろ》は哄笑《こうしょう》しながら去っていった。

僕は辛《かろ》うじて半身を起こして拳を握る。

事態は逼迫《ひっぱく》しているようだ。おそらくあいつはノアたちを不意打ちするつもりなのだろう。

何とかして危機を報《しら》せなければならないのだが――

□

神託戦争《しんたくせんそう》の八位までのペア――計十六名のナイトログ、十五名の夜煌刀《やこうとう》が闘技場のど真ん中に整列させられている。目の前の壇上では、開会式で演説をした司教・闇条《あんじょう》メドウが声を張り上げていた。

「よくぞここまで戦ってくれました。おかげで第一回神託戦争《しんたくせんそう》は大盛況、常夜神様《とこよがみ》もお喜びになっていることと思います。まずは参加者の皆様の健闘を称《たた》え、どうか拍手をお願いします」

闇条《あんじょう》が呼びかけると、客席のナイトログたちが拍手喝采を送ってくれた。

数日続いた一大イベントの幕引きとあってか、ナイトログたちの熱気が伝わってくる。

隣のノアは落ち着かない様子だ。

大勢のナイトログに注目されているから――ではなく、一刻も早く優勝賞品を手に入れたいからだろう。

その思いを汲《く》み取《と》ってくれたのか、闇条《あんじょう》はパチンと指を鳴らして振り返った。

すると、神官たちが大挙して押し寄せてくる。

彼らに引き連れられていたのは、石木《いしき》や和花《のどか》を始めとした八人の夜煌刀《やこうとう》たちだった。

おそらくいずれも骨瀞《ほねとろ》によって誘拐されてきた者たちである。

げっそりとやつれてはいるが、命に別状はなさそうなので一安心だった。

「ノア！　古刀《ことう》！　ここは危な――」

「ええい黙れ！　神聖なる式典で騒ぐんじゃない！」

石木《いしき》が神官に口を塞がれていた。塞がれた後もジタバタと暴れて何かを訴えかけようとしている。その隣にいた和花《のどか》も「んー！　んー！」と声にならない声をあげていた。

ノアがひそひそと声をかけてくる。

「二人ともどうしたのでしょうか……？」

「さあ？　でも無事みたいでよかったな。はやくあいつらを回収して帰らないと」

「そうですね。あとちょっとです」

とはいえ警戒しておいたほうがいいだろう。

閉会式でトラブルが起きると思いたくはないが……――

「今回最後まで勝ち進むことができたのは、夜凪《よなぎ》ノア・苦条《くじょう》ナナのペアです。彼女らはその類《たぐい》稀《まれ》なる戦闘センスによって、初戦から決勝戦に至るまで圧倒的な戦いを見せてくれました。特に苦条《くじょう》ナナが扱っている夜煌刀《やこうとう》〈夜霧〉は素晴らしい。呪法《じゅほう》も切れ味も天下一品、ステージ1であるのにあの性能は破格といってもいいでしょう」

好々爺《こうこうや》然とした温和な口調。しかし俺は闇条《あんじょう》の瞳が妖しい光を発するのを幻視した。幾度となく味わってきた視線――ナイトログが強力な夜煌刀《やこうとう》に向ける執着のような感情。

はたせるかな嫌な予感は的中した。

「ですが破格すぎます。あんなにも素晴らしい夜煌刀《やこうとう》がこの世に存在するでしょうか。よしんば存在したとして、在野のナイトログが手に入れられるものなのでしょうか――そこで我々は秘密裏に調査を行いました。その結果、〈夜霧〉は過去に紛失していた神殿所有の夜煌刀《やこうとう》だったことが判明したのです！」

ナイトログたちがざわめいた。

あまりにも寝耳に水だったので束《つか》の間《ま》思考が停止する。

「さらに調査を重ねた結果、〈夜霧〉は――神殿側は銘を指定していなかったので仮に〈夜霧〉と呼称しますが、とにかくこの破格の夜煌刀《やこうとう》は、数年前の爆発事故で火事場泥棒に盗まれていたことが分かりました。そして状況証拠から断ずるに、盗んだのは夜凪楼《よなぎろう》のナイトログに他なりません。つまり夜凪《よなぎ》ノアは窃盗犯だったのです」

「待ってください！　仰《おつしや》っている意味が微塵《みじん》も分かりません！」

ノアが声をあげて反論した。

しかし闇条《あんじよう》は無視して言葉を続ける。

「残念ではありますが、窃盗犯を栄《は》えある第一回の優勝者にすることはできません。よって二位の黒瓦《くろがわら》サオウと枯苫《かれとま》シトミのペアを優勝といたします。……そして盗まれた〈夜霧〉についてですが、これは返却していただく必要があります。夜凪《よなぎ》ノア、構いませんね」

「なっ……」

五人の神官たちが近づいてくる。

俺は愕然《がくぜん》とした気分で闇条《あんじよう》の顔を見上げた。神殿が俺を――失われた黒白刀《こくびやくとう》とやらを求めていることは知っていたが、まさかこんな明け透けな手段に及ぶとは。

慌てて苦条《くじよう》を振り返ってみれば、彼女は真っ青になってガクガクと震えていた。想定外の事態なのだろう。

「近づかないでください！　逸夜《いつや》くんは私の所有物……そして大事なパートナーなんですっ。絶対に渡したりはしませんから！」

「どうしても抵抗するというのですか？」

「当たり前です。ろくに調査もせずに人のモノを奪おうとするなんて横暴です」

ノアの言う通りだった。しかし相手がその程度の正論で折れるとは思えない。案の定、闇《あん》条《じょう》はわざとらしく溜息《ためいき》を吐《つ》いてこんなことを言った。

「ではエキシビションマッチといきましょう。嘆かわしいことですが、衆人を納得させるために必要なのは結局武力。ナイトログとは闘争本能によって運命づけられた生き物なのです——さあ神官たちよ、罪人を捕らえなさい！」

「——逃げろ二人とも！　神殿は最初から殺すつもりだったんだ！　あの骨瀞《ほねとろ》とかいう女も来るぞ！」

石木《いしき》が神官を振り払って叫んだ。

次の瞬間——すさまじい宵闇の波動が辺りにほとばしった。

神官たちがいつの間にか接続礼式《せつぞくれいしき》をすませて抜刀していたのだ。

「なっ……」

ノアが面食らって振り返るのと同時、やつらは躊躇《ちゅうちょ》なく踏み込んできた。

観客たちのどよめきが頂点に達する。俺たちはどうすることもできずに硬直していた。接続《せつぞく》礼式《れいしき》をする暇はない。かといって素手でやつらと渡り合えるはずもない。

とりあえずノアの手を引いて逃げようとした瞬間――

「吹き飛べ！　私のSSR夜煌刀《やこうとう》に手を出すな！」

聞き覚えのある声が聞こえた。

直後、前方から龍のようにうねる闇の奔流が駆け抜ける。神官たちはなすすべもなく闇に呑《の》まれ、そのままはるかかなたに流されていく。

ばちばちと弾《はじ》ける夜素《やそ》の残滓《ざんし》を浴びながら、俺は信じられない思いで振り返った。

優勝賞品の夜煌刀《やこうとう》たちが驚愕《きょうがく》してその場に座り込んでいる。

その真ん中に、西洋風の長剣を構える少女の姿があった。

「影坂《かげさか》……――!!」

「はっ、貧弱極まりないわねえ！　神に祈っている暇があったら戦いの訓練をしたら？」

《ミヤさん……ミヤさあああぁあああぁあん……よかったぁ……》

和花《のどか》の感極まったような声が辺りに響き渡る。

影坂《かげさか》の接続礼式《せつぞくれいしき》は『複数のウサギのぬいぐるみで対象範囲を囲うこと』だ。すでに闘技場はウサギで囲まれているのだろう――和花《のどか》がここに現れるのを見越していたのだ。

「何だあの小娘は!?　侵入者か!?」

「取り押さえろ！」

神官たちが大慌てで影坂《かげさか》に殺到する。さらに闘技場の入口から数えきれないほどの神官たちがワラワラと飛び出してきた。その数は数百人——いったいどこにあれだけ潜んでいたというのか。

「さあ和花《のどか》！　呪法《じゅほう》・【刀光剣影《とうこうけんえい》】——」

《はいっ！　お手柔らかにお願いします……》

影坂《かげさか》が呪法《じゅほう》で神官たちを薙《な》ぎ払《はら》っていく。突如発生したルール無用の騒乱を目にした観客たちは、むしろ大盛り上がりで囃《はや》し立《た》てていた。

「いけー」だの「やれー」だの、下品な声援がそこかしこから飛んでくる。やはりナイトログという生き物は人間とは相容《あいい》れない野蛮人のようだった。

「ノア！　ここはいったん退くぞ！」

「は、はい。でも……」

一人の神官が奇声をあげて飛びかかってきた。

まずい。呪法《じゅほう》か何かで動きを加速させている。このままでは死ぬ——冷や汗が流れていくのを感じた瞬間、今度は横合いから猛烈な炎の渦が吹き荒れた。

神官は真っ赤な炎に包まれて吹っ飛んでいく。

ノアがびっくりして叫んだ。

「カルネ！　水葉《みずは》を取り戻せたのですねっ……！」

「はいおかげ様で！　ノア様、古刀《ことう》さん、さっさとずらかってしまいましょう！　行きますよ水葉《みずは》──【気息焔々《きそくえんえん》】！」

《分かってるよ。こいつらには恨みがあるからねっ……！》

カルネの持つレイピア──〈水火《すいか》〉から再び炎がほとばしった。俺たちの周りに集まってきた神官たちが薙《な》ぎ払《はら》われていく。

この隙を逃すわけにはいかなかった。

逃げるにしても戦うにしても夜煌錬成《やこうれんせい》をする必要がある。

「ノア！」

「はい！　それでは失礼いたしますっ……」

ノアがゆっくりと俺の首に腕を回した。そのまま唇を近づけてきて──ふとその瞬間、視界の端で何故《なぜ》か絶望的な表情をしている苦条《くじょう》の姿が目に映った。

「兄さん」──かすかにそう呟《つぶや》いた気がする。

だが構っている余裕はないのだ。確かに苦条《くじょう》の夜煌錬成《やこうれんせい》のほうが瞬時に済ませられるかもしれないが、俺をもっとも上手《うま》く使えるのは夜凪《よなぎ》ノア。彼女以外にはありえなかった。

「んっ……」

歯が立てられる。痺《しび》れるような痛みとともに皮膚が裂ける。

ノアはあふれた血を一心不乱に舐《な》めとっていく。

永遠にも思える官能的な感覚は、現実の時間に換算すれば三秒かそこら。

あっという間に俺の中の核が変換されていった。

輪郭がぶれる。人間としての肉体は一瞬にして宵闇に——夜素《やそ》になって霧散していった。ノアは俺の胸があった辺りに手を突っ込むと、柄《つか》を握りしめ、一気に引き抜いていく。

「夜煌錬成《やこうれんせい》」

直後、襲いかかってきた神官を振り向きざまに叩《たた》き斬った。

血と闇によって彩《いろど》られた視界の中、ノアは俺をかざして高らかに宣言するのだった。

「目的は達成しました。後はドラゴン亭に帰るだけです」

「ま、待ってください……」

苦条《くじょう》が不意に声をあげた。前髪によって隠された瞳の奥に、戸惑いの光が宿っているのが見えた。

「神殿を倒さなくちゃ意味はないと愚考しますっ……たぶん昼ノ郷《デイトピア》に逃げたとしても追いかけてくるでしょうから……」

《それはそうだ。でも今は態勢を立て直したほうがいい。敵が多すぎる》

「で、でも！　相手が混乱している今がチャンスかと……！　こんな機会は滅多にないですからっ！　今なら骨瀞《ほねとろ》さんも来ていませんし——」

近くで爆発が巻き起こった。誰かの呪法《じゅほう》が発動したらしい。闘技場の地面が抉《えぐ》れ、ナイトログたちが紙屑《かみくず》のように吹き飛ばされていった。

この乱戦状態では【不死輪廻《ふしりんね》】といえど分《ぶ》が悪いだろう。

ノアは俺の意思を汲《く》み取《と》ってくれたのか、苦条《くじょう》の声を無視して踵《きびす》を返《かえ》した。

ひとまず落ち着ける場所に向かわなければならない。

□

走り去っていくノアさんの後ろ姿を見つめ、私は呻《うめ》き声を漏らしてしまった。

足が竦《すく》んで動くことができなかった。

このままでは目的を達成することができない。兄さんには神殿を破壊してもらわなければ困るのだ。だってあの時そういう約束をしたじゃないか。私のことを救ってくれるって言ったじゃないか。

私が兄さんを神託戦争《しんたくせんそう》に参加させた理由は、ひとえに神殿を破壊してもらうため。

地獄の底から救い出してもらうため。

だが、これまで兄さんはあんまり思い通りに動いてはくれなかった。

(でも……しょうがないか……)

今回のことも責められはしないだろう。

この場でもたもたしていれば、遠くないうちに最強の神官――骨瀞《ほねとろ》ペトラがやってくる。いくら〈夜霧〉でもあの人には勝てないだろうから。

そう。勝てないのだ。

確かに〈夜霧〉は素晴らしい夜煌刀《やこうとう》だ。ポテンシャルという意味では比肩《ひけん》する者なんてそうそう見つからないだろう。でも神託戦争《しんたくせんそう》を通じて分かってしまったのだ。兄さんには圧倒的に経験が足りない。ステージが足りない。人を殺すことに何の躊躇《ためら》いも持たないあの堕落シスターには及ばない。

兄さんなら骨瀞《ほねとろ》さんを倒せるかもしれない――そう思って暗躍してきたのに、これではまったく意味がなかった。

結局、骨瀞《ほねとろ》さんに甚振《いたぶ》られて死ぬ運命しか待っていないではないか。

「――何やってんの？」

背中に鋭い声が突き刺さった。

ゆっくりと、ゆっくりと振り返る。

そこに立っていたのは――長年私を苦しめてきた諸悪の元凶の一人、骨瀞《ほねとろ》さんだった。こんなことなら後先考えずに逃げておけばよかった。でも無駄だ。この人はどうせ地獄の底まで追ってくるだろうから。

「ほ、骨瀞《ほねとろ》さん、私……」

「やっぱり意気地がないのねえ。昼ノ郷《デイトピア》であんたがあたしの攻撃を防いだ時、ちょっとは見直したのよ？　常夜神《とこよがみ》の命令をそこまでして遂行せんとする意志があったのかってね。でも今は全然ダメ。やっぱりダメ。ダメダメダメダメダメ……」

骨瀞《ほねとろ》さんの右手が私の首をつかんだ。

ぎゅううぅ……っと力が加えられる。

息が苦しくなる。視界が暗くなっていく。

「あんたの仕事は『〈夜霧〉を回収すること』でしょ？　そのための障害は殺さなくちゃならないってのに、どうしてもたもたしているの？」

「そ、それは……そのっ……」

「何度か見逃してやったのに。あたしから命を狙われているってことは分かっていたはずなのに。危機感を抱くことなくサボっていたなんて信じられないわ。そんなので常夜神《とこよがみ》に顔向けができると思っているの？」

殺される——そう覚悟したが、骨瀞《ほねとろ》さんは意外な譲歩を見せた。

突然私の首から手を離すと、吐き捨てるようにこんなことを言った。

「夜凪《よなぎ》ノアを殺してきなさい」

「げほげほっ……え……？」

「あんたにチャンスをやるって言ってるの。さっき教皇が連絡を寄越してきたのよ――いくらなんでも苦条《くじょう》ナナを処分するのは早計だって。もし夜凪《よなぎ》ノアを殺して古刀逸夜《ことういつや》を回収することができたら、これまでの不手際《ふてぎわ》はチャラにしてあげるわ。まあ、失敗したら殺すけどね――あはははははは！」

「…………………」

絶望の波に呑《の》まれてしまった。

そんなことが。そんなことが私にできるはずもない。

泥刀《どろがたな》では逆立ちしたって勝てないというのもあるけれど、何より今日まで優しくしてくれたノアさんを裏切りたくはなかった。

だが――骨瀞《ほねとろ》さんに背いたら自分の命がない。

いつだってそうだった。

自分の意思に則《のっと》って行動した試しはほとんどなく、上から与えられる命令に従うだけ。

結局私は、今回も神殿の傀儡《かいらい》として生きる道を選ぶ。

「……はい。承知いたしました」

骨瀞《ほねとろ》さんは「よろしい」と笑って踵《きびす》を返《かえ》した。

その時、闘技場にエコーのかかった大音声《だいおんじょう》が響きわたった。司教の闇条《あんじょう》メドウさんが焦《あせ》ったような声色で何事かを訴えている。

「……皆様！　見ましたか、聞きましたか！　夜凪《よなぎ》ノアは〈夜霧〉を夜煌錬成《やこうれんせい》して神殿に牙を剝《む》きました！　仲間も数名いるようです！　神官だけでは手に負えない可能性もあります。どうかその力をお貸しください。不埒者《ふらちもの》を殺して〈夜霧〉を回収した者には、神殿から褒賞《ほうしょう》を与えましょう！　ナイトログたちに神聖なる常夜神《とこよがみ》の加護があらんことを……」

□

闘技場の外に出ても騒乱は継続していた。

ヨルトナのいたるところに設置されたスピーカーから、闇条《あんじょう》メドウの言葉が拡散されたのである。これを聞いたナイトログたちは、俺たちを見つけるなり我先にと襲いかかってきた。

「見つけた！　貴様の〈夜霧〉は私がいただこうじゃないか！」

「待て待て！　先に見つけたのは俺だ！　俺がこいつを仕留めてやるぜ！」

「その呪法《じゅほう》の神髄、見せてみよ！」

そこかしこでナイトログたちが夜煌錬成《やこうれんせい》を発動する。

そのほとんどが神託戦争《しんたくせんそう》に参加していた腕に覚えのある連中だった。

彼らが夜煌刀《やこうとう》を振るうたびに得体の知れない呪法《じゅほう》が飛び交い、ヨルトナの街がみるみる破壊されていく。

吹き飛ぶ屋台。

慌てて逃げていく夜煌刀《やこうとう》を持たないナイトログたち。

近くの街路樹が無残に爆散するのを目撃するや、ノアが悲鳴にも似た声で叫んだ。

「こ、これじゃあ埒《らち》が明きません！　どこへ行っても襲ってくる人ばかりですっ」

《このまま昼ノ郷《デイトピア》に帰れないのか？　昼扉《ひるとびら》は……》

「どこかにあるかと思いますが、場所は公開されておりません。おそらく神殿が管理しているもので、一般のナイトログに使用は許可されていないからです」

ノアが突進してきたナイトログを峰打ちで気絶させながら言った。

この状況を打破する方法は一つ――ひたすら逃げることだ。昼ノ郷《デイトピア》に辿《たど》り着《つ》いてしまえば、さすがに神官たちも大挙して攻め入ることは不可能のはずである。

だがそれが難しい。そもそもこのヨルトナから出られるかどうかも怪しい。

《……！　ノア！　前を見ろ！》

「え……」

視線の先には筋骨隆々なナイトログ。その左手にはスコップの形をした夜煌刀《やこうとう》が握られており、さらにその右手には――素手でもぎとったと思われる石橋が抱えられていた。

筋力を増強させる呪法《じゅほう》に違いなかった。

男は力いっぱい欄干を投擲《とうてき》しながら叫んだ。

「塵芥《じんかい》になり果てろッ！」

周囲のナイトログたちが歓声をあげる。

空中でばらばらに砕け散った石橋は、無数の礫《つぶて》となって俺たちに降り注いでくる。

ドカドカと隕石《いんせき》が落ちるような衝撃が辺りに響き、あっという間に周囲は砂煙で真っ白になってしまった。

しかしノアは辛《かろ》うじてすべての礫《つぶて》を回避すると、砂煙を掻《か》き分《わ》け、その場から一目散に離脱する。

《大丈夫か⁉　無茶なことをしやがる……》

「問題ありません。でも後から来るカルネたちのことが心配です」

ノアは跳躍して近くのアパートメントに飛び乗った。そのまま屋根伝いにヨルトナの南門を目がけて疾走する。

背後から飛んでくるのは、殺意にあふれた謎のエネルギー波。ナイトログたちが容赦なく呪《じゅ》法《ほう》をぶっ放しているのだ。何度か掠《かす》ってノアの柔肌が傷ついてしまったが、そのたびに【不死《ふし》輪廻《りんね》】が発動して傷を回復させていく。

足場の屋根が弾《はじ》け飛んだ。

横から飛び込んできたナイトログが、巨大な斧《おの》を叩《たた》きつけたのである。

もはや神託戦争《しんたくせんそう》も何も関係ない。

荒くれどもは自分の欲望のためだけに大暴れをしている。

「夜凪楼《よなぎろう》の小娘！　神託戦争《しんたくせんそう》ではよくもやってくれたなァ！　今ここで復讐《ふくしゅう》してや」

る——とは続かなかった。ノアは俺を握り直すと、容赦なく敵の斧《おの》に刀身を叩《たた》きつける。じんじんとした衝撃が伝わったが、それだけで斧《おの》は小枝のように吹っ飛んでしまった。

「なっ……おがッ」

ノアは男の顔面を踏みつけて飛翔《ひしょう》した。

そのまますぐ隣に建っていた時計塔の窓に足をかけると、さらに跳躍して上層へと駆け抜けていく。まるで垂直の壁を走っているような有様《ありさま》だったが、強化された身体能力をもってすればこの程度は容易《たやす》いのである。

やがて時計塔の最上階に到達したノアは、転がり込むようにして巨大な鐘の裏側に身を隠した。ここならさすがに奇襲されることもないだろう。

「カルネたちは上手《うま》く脱出できたでしょうか……」

ノアが肩で息をしながら言った。

《俺たちが逃げる時に離脱しているのを見た。カルネも影坂《かげさか》もたぶん無事だろうさ。気になるならＬＩＮＥでも送ってみるといい》

「逸夜《いつや》くん、夜ノ郷《ナイトピア》に電波はありませんよ」

ノアは苦虫を噛《か》み潰したような顔をして立ち上がった。

時計塔から見下ろせるヨルトナの風景は淀《よど》んでいる。

ナイトログたちの悲鳴、歓声、さらに爆発音、剣と剣を叩《たた》きつけ合う金属音。どさくさに紛れて戦い始めた連中がいるのかもしれない。

善良なナイトログにとっては降って湧いたような惨事だった。

そこで俺はふと思い出した。

《それよりも苦条《くじょう》が心配だ。あいつは夜煌刀《やこうとう》を持っていないわけだし》

「そ、そうですね。たぶん神殿の中で危うい立場でしょうから……」

苦条《くじょう》は神殿を破壊することを目標としていた。

破壊といっても抽象的すぎて何をするのか分かりにくかったが、苦条《くじょう》にも具体的な計画はなかったのだろう。

ゆえに頼られたとしても俺にできることはない。

せめて無事であってくれと願うことしかできない。

「苦条《くじょう》さんだって強《したた》かなナイトログです。脱出はできたと思いますよ」

《……そう思っておくか。俺たちにできることもないからな》

「はい。今は自分たちが助かることを考えるべきです」

《でも骨瀞《ほねとろ》はなんとかしなくちゃだろ。俺たちが昼ノ郷《デイトピア》に逃げたとしても、あいつは殺すために追いかけてくると思うぞ》

「はい。怖いですけど、戦います」

《俺がいるから大丈夫だ。問題はいつどこで戦うかって話だが――》

その時、昼のように世界が光った気がした。

ノアがびくりとして振り返る。俺も刀剣形態によって拡張された視界で状況を探る。時計塔のはるか北――闘技場のほうから謎の光が接近してきている。

「な、何ですかあれ……⁉」

ぞっとした。あれは呪法《じゅほう》だ。

誰かが遠距離から俺たちを狙っているのだ。

光は中途にある建物の屋根を抉《えぐ》りつつ、時計塔目がけて猛スピードで驀進《ばくしん》している。

ノアが悲鳴をあげて時計塔から飛び降りようとした。

しかしその時点で何もかもが手遅れだった。

光の奔流はそのまま時計塔の中ほどに直撃し、大穴を穿《うが》って通り抜けていく。

直後、世界がぐらりと揺れた。

すさまじい破壊音を立てながら塔が崩れていく。

ノアの手から俺がすぽりと抜けてしまった。

夜煌錬成《やこうれんせい》が解除されて人間形態に戻ってしまう。

俺は必死でノアのほうに手を伸ばして叫んだ。

ノアも泣きそうな顔でこちらを見上げてくるが、視界は瓦礫《がれき》の海によって閉ざされ、声すらも届かなくなってしまった。

世界が一気に暗くなっていった。

俺はそのまま塔の残骸に押し潰されるような形で落ちていく。

□

「――あはっ、あははははははははっ！　観光名所が粉々じゃない！　なんて心躍る光景なのかしら！」

あまりにもおかしかったので手を叩《たた》いて笑ってやった。

闘技場の中央では、神官たちが夜煌刀《やこうとう》を構えて固まっている。夜素《やそ》を別のエネルギーに変換する系統の呪法《じゆほう》を持った者たちが、力を合わせて巨大なレーザーを放ったのだ。

おかげで夜凪《よなぎ》ノアが逃げ込んだと思われる時計塔は木端微塵《こっぱみじん》。

無数の瓦礫《がれき》となって倒壊してしまった。

いい気味だ。

「ねえ司教、よかったのお？　あの時計塔ってヨルトナのシンボルみたいなもんだったんじゃない？」

「背に腹は代えられません。黒白刀《こくびゃくとう》は必ず回収しなければなりませんから……」

闇条《あんじょう》メドウがやつれたような表情でそう言った。

狙撃を命令したのはこの男なのである。てっきり自分では何もできない腰抜けかと思っていたが、意外と過激なことをするから面白い。今の一撃で黒白刀《こくびゃくとう》が破壊されてしまったらどうするのだろうか。

「さあ皆さん。〈夜霧〉のもとへ向かってください」

闇条《あんじょう》が命令すると、神官たちが大急ぎで移動を開始した。

すでに闘技場での戦いは収まっている。血気盛んなナイトログたちは場所を替え、ヨルトナ市街地で大暴れしているようだ。

闇条《あんじょう》はちらりと骨瀞《ほねとろ》を見やった。

「……閉会式に乱入した不埒者《ふらちもの》は？　捕らえたのですよね？」

「さあねえ？　あたしが見た時にはもう姿を消していたわ」

「ああ……なんということでしょうか。背教の民を野放しにするなど……」

乱入してきたのは昼ノ郷《デイトピア》で見かけた二人のナイトログだ。しかしあんな雑魚《ざこ》は放っておいても問題ない。というか、生きとし生けるあらゆるモノは放っておいても問題ない。

何故《なぜ》ならあたしは最強だから。

必要ならいつだって殺害することができるから。

「と、とにかく骨瀞《ほねとろ》さんも回収に向かってください。もし夜凪《よなぎ》ノアが生きていたら、しっかりトドメを刺しておくように」

「それは常世神様《とこよがみ》からの命令？」

「いえ。私からの命令です」

「じゃあ聞くかどうか迷っちゃうわねぇ。もう苦条《くじょう》を向かわせているし……」

闇条《あんじょう》は驚いたように瞬《またた》いた。

「また苦条《くじょう》ナナに無理をさせたのですか。死んだらどう責任を取るつもりなのです」

「どの口が言うの？　あんただってあいつのことを殴る蹴るしてたじゃない」

「それは必要だからです。あなたのように好きで甚振《いたぶ》っているわけじゃありません。愛の鞭《むち》ということですよ」

「あっそ」

あたしは踵《きびす》を返《かえ》して歩き出した。

〈夜霧〉の回収は急務だ。常夜神《とこよがみ》からそう命じられているから。闇条《あんじょう》には捻《ひね》くれた態度を取っているが、自分のやるべきことは最初から決まっている。

神の障害となる者を殺すこと。ただそれだけだ。

□

闘技場の辺りから発せられた夜素《やそ》の奔流が時計塔を撃ち抜いた。

ノアさんと兄さんを狙ったのだろう。

重たい足取りでヨルトナを疾走していた私は、絶望的な気分でその光景を見上げた。

風穴を開けられた時計塔はバランスを崩し、音を立てて倒壊していった。もし兄さんたちがあれに巻き込まれていたらひとたまりもない。

（兄さん。兄さん……）

自分が何をしたいのかよく分からなかった。

だがせめて、もう一度あの人と話をしてみたいと思った。

そうしなければ何も始まらないから。暗闇の中から抜け出すことはできないから。

だから私は彼のもとに直走《ひたはし》るのだ。

（せめて私のことは思い出してもらおう。そうじゃないと……生かすも殺すも決められないから……）

5　黒白《こくびゃく》の宴《うたげ》

「いっ……」

全身に痛みが走る。落ちてきた際に色々なところを強打したようだが、死んではいないようなので一安心。悲鳴をあげる全身に鞭打《むちう》って立ち上がると、恐る恐る周囲の様子を確認した。

気づけば闇の中だった。

といっても、四方八方の壁に電灯のようなものがついているため、完全な暗闇というわけではない。

(どこだここ……？)

見上げれば、天井の付近にいびつな多角形の穴が開いている。その向こうに窺《うかが》えるのは満天の星々だった。おそらく時計塔の地下空間まで落ちてしまったのだろう。

「──ノア⁉　いるのか⁉」

声は薄闇の中で反響するばかり。返事は一向に聞こえてこなかった。

ひとまずノアを捜さなければ。

怪我《けが》をしているなら夜煌錬成《やこうれんせい》をしなければならないから──

「兄さん。無事だったんですね……よかった……」

闇の奥からぺたぺたと足音が鳴る。

白いスニーカー。目に毒なほど露出したふともも。プリーツスカート、パーカー、そして
——緑の黒髪によって隠れた瞳。

一瞬幽霊かと思ったが、苦条《くじょう》ナナで間違いなかった。

「ど、どうしてここにいるんだ⁉　大丈夫か……⁉」

「は、はい……大丈夫です。崩れた後に入り込みましたので……」

よく分からないことを言いながら近づいてくる苦条《くじょう》。

その表情はいつも通りオドオドしているが、全身にまとう雰囲気が固い気がした。

「そうか。じゃあ一緒にノアを捜してくれないか？　時計塔の倒壊に巻き込まれたんだ……放っておけば大変なことになるかもしれない」

「いいえ。それはできません」

苦条《くじょう》はふるふると首を横に振った。俺はわけが分からず困惑する。

「……どういうことだ？　他に何かやるべきことがあるのか？」

「え、えっと……私は……骨瀞《ほねとろ》さんにノアさんを殺すように命令されました」

「はあ……？」

「でも勇気がありません。ノアさんを殺せません。だから私は骨瀞《ほねとろ》さんに処分されてしまう運命だったんです——言うことをきかない神官は不要ですから」

「何言ってるんだ……？」

「でもノアさんが事故で死んでくれたなら、私は、手をくだす必要がなくなって……殺される心配も……」

「苦条《くじょう》！」

俺は思わず苦条《くじょう》の両肩をつかんでいた。あまりにも後ろ向きな理屈に反吐《へど》が出た。そして苦《く》条《じょう》にそんな命令を下した骨瀞《ほねとろ》への恨みが募っていく。

「そんなことはどうでもいい！　骨瀞《ほねとろ》ペトラは俺が何とかする！　だから一緒にノアを捜してくれ！」

「む、無理です。無理なんです。骨瀞《ほねとろ》さんは強いです。いくら兄さんでも勝てません。あの人は最強の一級神官……枢機卿《すうききょう》になる資格も持ってるんですよ……？」

「俺がなんとかする。約束してやる」

「でも！　兄さんは……私との約束を破ったじゃないですか」

「は……？」

苦条《くじょう》は何故《なぜ》か俺を非難するような目を向けてくる。

「覚えていませんか……？　あなたは神殿によって牢獄《ろうごく》に幽閉されていたんです」

「お前に教えてもらった。でもその頃のことは記憶にほとんどないんだ」

頭に残っている最初の記憶は、母親——古刀昼奈《ことうひるな》に拾われた頃のことだ。

それ以前は霞《かすみ》がかかったようにぼんやりとしている。

何らかのショックを受けたのか、あるいは母が呪法《じゅほう》によって記憶を操作したのか。

苦条《くじょう》は咎《とが》めるような視線を俺に向けてきた。

「やっぱり覚えていないのですね……どうして忘れてしまったのでしょうか……」

「何の話だ？　俺とお前は前に会ったことがあるのか？」

「はい。実は私も神殿に捕らえられていたんです……兄さんと同じ牢獄《ろうごく》にいました。昼ノ郷《デイトピア》から誘拐されて、帰ることができなくて毎日泣いていました……」

苦条《くじょう》は恐るべき記憶を掘り起こすように嗚咽《おえつ》を漏らす。

発言の意味がよく分からない。神殿が攫《さら》ったのは人間のはずだ。どうしてナイトログである苦条《くじょう》が俺と同じ場所に幽閉されていたのだろうか。

「でも……そんな毎日の中で唯一の光が兄さんだったんです。私のことを励ましてくれて……協力すれば逃げられるって……本当に覚えていないんですか？」

「悪い。まったく覚えていない……」

「そうですか。では残念ですが……回収しなければなりません」

意味を咀嚼《そしゃく》する前に苦条《くじょう》が飛びかかってきた。

左手の甲に痛みが走った。不思議に思って見下ろしてみれば、擦れたように皮膚が赤黒くなっていた。

苦条《くじょう》の手には、木刀の形状をした泥刀《どろがたな》が握られていた。

いつの間にか起動を終えていたらしい。

いや。そんなことよりも——

「な……何するんだ⁉　正気かお前……」

俺は驚愕《きょうがく》して飛《と》び退《すさ》った。

苦条《くじょう》はゆらりゆらりと幽鬼のような足取りで近づいてくる。

斬られかけた。やっぱりこいつは敵だったのか。

ノアや俺の命を狙っている神殿の刺客。

「兄さん。私は兄さんと再会することを望んでいました。……でも、あの頃の兄さんはもういません。だから私は神殿の命令を遂行するしかありません」

「わけが分からない！　神殿のことなら俺が何とかするから——」

「いいえ。私は恨んでいるんです。私のことを忘れて他のナイトログの持ち物になるなんて。助けに来てくれるどころか、忘れていたなんて……！」

苦条《くじょう》が泥刀《どろがたな》を構えて駆けた。

その瞳に宿っているのは——遣《や》る瀬《せ》無さに起因する鮮烈な敵意。

泥刀《どろがたな》が振るわれた。俺はほとんど反射で後退する。服に切れ込みが入るのを見てぞっとしてしまった。苦条《くじょう》は本気で俺を斬ろうとしている。

「大人しく……捕まってください！　兄さんは貴重な黒白刀《こくびゃくとう》です……処分はされませんっ」

「やめろ！　お前はいったい何を考えてるんだ……!?」

「神殿から脱出することができないのなら……神殿の中で一緒にいるのがいちばんいいと思いました。だから兄さんは連れて帰りますっ」

「それじゃあお前は骨瀞《ほねとろ》とかにイジメられ続けるだけだろ！」

「だって骨瀞《ほねとろ》さんには勝てませんからっ……！」

「だからって——おわっ」

苦条《くじょう》は遮二無二《しゃにむに》泥刀《どろがたな》を振り回す。

ひゅんひゅんと木刀の刀身が空を切り、時たま瓦礫《がれき》に激突して音を立てる。

夜煌刀《やこうとう》としての性能はいまいちらしいが、生身であれを受ければひとたまりもなかった。

俺は苦条《くじょう》の猛攻を紙一重のところで回避しながら思考を巡らせる。

こいつは自暴自棄になっている。

神殿の呪縛から逃れられない恐怖が肥大化し、すべてがどうでもよくなっている。

だが——どうしてそこまで俺に執着するのだろうか。

俺と苦条《くじょう》は知り合いだった？

俺が苦条《くじょう》を助けると約束した？

何も思い出せない。思い出せないから苦条《くじょう》は苦しみの中に突き落とされている。こいつの話が本当だとするならば、俺はなんて不義理なことをしているのだろうか。

「がっ……」

今度は二の腕に衝撃が走る。高速で振るわれた泥刀《どろがたな》が打ちつけられたのだ。俺はいてもたってもいられず叫ぶ。

「やめろ！　そんなことをしたら死ぬだろ！」

「夜煌刀《やこうとう》なので夜煌錬成《やこうれんせい》すれば治ります。兄さんは私のことを忘れてしまった罪を懺悔《ざんげ》してください。そうでないと気が収まりません……」

「夜煌錬成《やこうれんせい》って言ったって……！　そのためにはノアを捜さないと」

「いいえ。ノアさんはたぶん死にました。だから別のナイトログに夜煌錬成《やこうれんせい》してもらってください」

「ノアは死んでない！　だいたいお前は……」

「兄さんが悪いんです。そうです。そうなんです。兄さんが私のことを忘れていたから……ずっとそれだけが希望だったのに……兄さん兄さん兄さん兄さん……」

駄目だ。完全に我を失っている。

頭が変になりそうだった。こいつには何を言っても通じない――

「わっ」

時計塔の残骸に躓《つまず》いて尻餅をついてしまった。

逃げることはできない。

瓦礫《がれき》に囲まれているため身動きが取れなかった。

目の前には、泥刀《どろがたな》を構えた苦条《くじょう》が泣きながら立っている。

「決めていたんです。兄さんが思い出してくれるか……思い出してくれないか……」

「や、めろ……」

「思い出してくれなかったら神殿の言うことを聞こうって。踏ん切りって大切ですよね。そうじゃないと絶望することもできません」

世界がゆっくりと減速していく。

振り下ろされる泥刀《どろがたな》。俺はなんとか急所を守ろうと手を伸ばす。

左の掌《てのひら》に木刀が叩《たた》きつけられた。

皮膚が擦れる。骨が砕かれる。痛みが弾《はじ》けていく。

その時、脳裏に響く不思議な声を聴いた。

《——逸夜《いつや》。このままでは死んでしまうよ》

驚きのあまり声が出そうになった。

それは幼い頃から幾度となく聞いた声。六花《ろっか》戦争《せんそう》で夜凪《よなぎ》ハクトを打ち滅ぼしてからというもの、めっきり聞こえなくなってしまったけれど——

《あなたの記憶がないのは私の呪法《じゅほう》のせい。一時的に封印を解除してあげるから——暗闇に囚《とら》われているその子を助けてあげて》

気配が遠のいていった。あるいはそれは幻覚だったのかもしれない。じんじんとした痛みを感じているうちに、脳裏で閃光《せんこう》が弾《はじ》けるのを感じた。

そうだ。ナナという少女のことは知っている。

暗闇の世界に幽閉されていたあの日の記憶が再生されていく……——

□

どういう経緯で誘拐されたのかは思い出せない。

とにもかくにも俺は目が覚めたら牢獄《ろうごく》の中にいた。

「あなたたちは神に捧《ささ》げられたのです。これはとても名誉なことなのですよ。この幸福を嚙《か》みしめながら奉仕するように」

東方常夜神殿《とうほうとこよしんでん》を束ねる司教——闇条《あんじょう》メドウはそう言った。その隣には骨瀞《ほねとろ》ペトラの姿もあったような気がする。当時の俺たちにとっては、誘拐犯であるナイトログたちは恐怖の対象でしかなかった。

記憶がみるみる蘇《よみがえ》っていく。

牢獄《ろうごく》の中の生活はひどいものだった。帰りたいと泣きだす子供。あまりの恐怖にパニックになる子供。食事は一日に二度、粗末な豆のスープ。牢獄《ろうごく》の中は不衛生極まりなく、そこにいるだけで何かの病気になってしまいそうだった。

(そうだ。思い出した……)

一緒に捕らえられている子供たちの中に、苦条《くじょう》ナナがいたのだ。当時は『なな』という名前しか聞かなかったように思うけれど。

苦条《くじょう》はずっと泣いていた。もともと児童養護施設に預けられていた子だったのだという。友達と出かけた帰りにナイトログに誘拐されたのだ。ベッドの位置が近かった——ただそれだけの理由で俺は彼女とちょくちょく言葉を交わした。

「もう駄目だ。このまま殺されちゃうんだ……」

苦条《くじょう》はいつも震えていた。無理もなかった。神官たちはある時から子供たちを一人ずつ牢獄《ろうごく》の中から連れ出した。連れ出された子は二度と戻ってこない。解放されたとは思えないから、きっと殺されてしまったに違いなかった。

実際、いなくなった子の悲鳴を聞いたという者もいた。

順番が回ってきたらそれで終わり。子供たちは震えながらその時を待っている。

「どうしよう……このままじゃ……」

「大丈夫だ」

俺は苦条《くじょう》の背中をさすって励ました。

「あんなやつらの思い通りにはさせない。絶対にここから出よう」

「で、でも」

自分たちを攫《さら》った連中のことが許せなかった。必ず復讐《ふくしゅう》してやらねばならぬと思った。そのために必要なのは、状況を分析する冷静さと、ほんの少しの勇気だけだった。

神官が牢獄《ろうごく》の扉を開けて入ってきた。

子供たちが悲鳴をあげる。今度は隅っこで膝を抱えていた男の子が連れていかれた。その時の俺は、黙って観察することしかできなかった。

苦条《くじょう》が泣きながら抱き着いてくる。

俺のことを頼ってくれる少女。せめてこの子だけは救ってやりたいと思った。

だが結局、俺は何も成し遂げることができなかった。

苦条《くじょう》ナナは暗闇の中に置き去りにされてしまったのである。

□

「……悪い。お前をずっと放っておいてしまった」

「……!!」

泥刀《どろがたな》に込められた力が緩んだ。俺は素手で木刀をぎゅっと握りしめる。骨が折れてひどいことになっているが、どうせそのうち治る傷に泣き言を言っている場合ではなかった。

苦条《くじょう》は宇宙人でも見たかのような目で俺を凝視した。

「思い出して……くれたのですか……？　あの地獄のような日々のことを……」

「ああ。誘拐された先の牢獄《ろうごく》で一緒に過ごしたのがお前だったんだ。俺はお前を牢獄《ろうごく》から脱出させると約束したが――結局、その後すぐに〝順番〟が来てしまった」

「そうです。でも兄さんは帰ってきた……」

俺は他の子供たちと同じように別室へ連行された。

そこで行われていたのは、夜素《やそ》を注入することで夜煌錬成《やこうれんせい》を経ることなしに夜煌刀《やこうとう》を作り出す実験。普通の人間ならば夜素《やそ》に耐えられず死んでしまうはずだったが、何の因果か運よく夜《や》煌刀《こうとう》に――黒白刀《こくびやくとう》に作り替えられた。

これを見た闇条《あんじょう》の目は変わった。

俺にナイトログとしての性質が宿っていると看破した司教サマは、俺に夜煌錬成《やこうれんせい》を使わせたのである。その対象となったのは、すでに持ち主がいなくなって誰とも契約を結んでいない夜《や》煌刀《こうとう》だった。

俺は常夜神《とこよがみ》の示唆する接続礼式《せつぞくれいしき》に則《のっと》って夜煌刀《やこうとう》を起動した。

そうして力を手に入れた。

「神殿によって俺は夜煌錬成《やこうれんせい》ができるようになった。そうだ……思い出した……あいつらは狂喜乱舞していたな。常夜神《とこよがみ》に捧《ささ》げることのできる新しい技術を開発できたって……俺にとってはそんなことはどうでもよかった。仲間たちを助けることだけを考えていた」

与えられた夜煌刀《やこうとう》で神官たちを振り払った俺は、牢獄《ろうごく》へと戻って鉄格子《てつごうし》を叩《たた》き斬った。

足が竦《すく》んで動けない苦条《くじょう》の手を引いた。

その時の夜煌刀《やこうとう》に宿っていた呪法《じゅほう》は、確か物体を粉々に破壊することができる強力無比なものだった。俺は神殿の壁を破壊しながら外の世界へと突き進んでいった――おそらくこれが神殿を襲った〝爆発事故〟の正体なのだろう。

「だけど結局助けることはできなかったんだ。あと一歩のところで骨瀞《ほねとろ》が待ち構えていた。俺だけは辛《かろ》うじて外に出ることはできたが、苦条《くじょう》は骨瀞《ほねとろ》に捕まって連れ戻されてしまった」

「兄さんは……その後どうなったんですか？」

「夜煌刀《やこうとう》を失い、戻ることもできず、暗闇の荒野をしばらく彷徨《さまよ》った。あのまま野垂れ死にするんじゃないかと思ったが、運よく夜凪楼《よなぎろう》から逃げてきた古刀昼奈《ことうひるな》に拾われたんだ。それからは昼ノ郷《デイトピア》に戻って二人で暮らしていた」

「そうですか……」

「言い訳をするわけじゃないが、俺は母親の呪法《じゅほう》によって記憶を封印されていたらしい。お前を置いて逃げてしまったのに」

「い、いいんです。そういうことなら、仕方がありませんからっ……」

「いやよくない。お前には悪いことをしたと思っている。だからこそあの時の約束は今果たさなければならないんだ」

ぎゅっと泥刀《どろがたな》を握った。手の痛みなんて関係ない。苦条《くじょう》が「ひっ」と悲鳴を漏らすのも構わずにゆっくりと半身を起こしていく。

「や、やめてくださいっ……怪我《けが》が……」

思わず笑ってしまった。

「俺を斬ろうとしていたやつのセリフか？」

「そ、そそそ、そうですけどっ……！」

「安心しろ。次はもう失敗しない。今度こそお前を神殿から連れ出してやる」

苦条《くじょう》は呆《ほう》けたように俺を見つめ返していた。

ナイトログらしい紅色の瞳が涙で揺れている。

「連れ出すって言っても……そんなの無理です。だって骨滯《ほねとろ》さんは最強なんですよ。そばで見ていた私には分かります……あれを止められるのは、教皇庁の枢機卿《すうききょう》くらいしかいません」

「大丈夫だ。俺に任せておけ」

「でも」

「大丈夫だ」

泥刀《どろがたな》を苦条《くじょう》の手から奪って放り投げる。すぐさまその身体《からだ》を抱き寄せてやった。

無根拠な励ましと謗《そし》られるかもしれなかったが、今こいつに必要なのは、生きるための希望に他ならないのだ。

苦条《くじょう》はしばらく石のように身を固くしていた。

しかしやがて「ふぅ」と吐息を漏らして相好を崩す。

「兄さんは。変わっていないのですね……」

「それは分からない。でもやれるだけのことはやるつもりだ」

「ありがとうございます。こ、これからは、ずっと兄さんについていきますっ……」

力強く抱きしめ返された。柔らかい温《ぬく》もりを感じてちょっと目眩《めまい》がする。ずっとついてこられても少々困るのだが――この場でそれを指摘するのは野暮である。

とにかくこれで苦条《くじょう》の心を覆っていた闇は晴れたはずだ。

あとはノアを見つけて骨滯《ほねとろ》を倒すだけなのだが――

「──あら？　あたしの命令を無視してお楽しみかしら？」

頭上から声が聞こえる。背筋がぞくりとするのを感じて振り仰いだ瞬間、天井にぽっかりと開いた穴から誰かが降ってきた。

真っ黒いシスター服を身にまとった女──骨瀞《ほねとろ》ペトラ。

その両手には、すでに起動済みの夜煌刀《やこうとう》が握りしめられている。

「骨瀞《ほねとろ》さん……!?　これは、あの、そういうのじゃなくて、だからっ……」

「あたしは夜凪《よなぎ》ノアを殺して〈夜霧〉を回収しなさいって言ったわよねぇ？　ちゃんと仕事はしたの？　それともサボっているの？」

「さ、サボってるわけじゃ……」

骨瀞《ほねとろ》は靴音を鳴らしながら近づいてくる。

その死神のような姿を見た苦条《くじょう》は、ぶるりと身を震わせて狼狽《ろうばい》した。あいつは俺たちを殺すために追いかけてきたのだ。こっちはノアを捜さなければいけないというのに。

俺はゆっくりと立ち上がって苦条《くじょう》を背後に匿《かくま》った。

「何の用だ？　今忙しいから後にしてくれると助かるんだが」

ぴくりと骨瀞《ほねとろ》の眉が動いた。

「……そいつを庇《かば》うの？　いったい何のために？　まさか絆《ほだ》されちゃったあ？　確かに見てくれは可愛《かわい》らしいからねえ」

「何言ってるんだ？　頭がおかしいのか？」

「あははは！　おかしいのはどっちよ？　一級神官・骨瀞《ほねとろ》ペトラを前にしてその悠長な態度――もしかして危機管理能力がないのかしら？　大層なおバカさん？」

骨瀞《ほねとろ》は何がおかしいのかケラケラと笑っていた。

脳味噌《のうみそ》が疼《うず》く。蘇《よみがえ》った記憶の中でも骨瀞《ほねとろ》ペトラはああいう立ち居振る舞いだった。

苦条《くじょう》の手を引いて神殿から脱出しようとした際、あいつは笑いながら楽しそうに俺たちを斬りつけていた。

「ねえ知ってる？　あんたは苦条《くじょう》ナナに情が移っちゃったみたいだけれど、その子ってとんでもなく邪悪なのよ？」

苦条《くじょう》がびくりと震える。骨瀞《ほねとろ》は嘲笑するように続ける。

「今まで苦条《くじょう》ナナが何人殺してきたか知っているの？　知らないわよねえ？　もちろんあたしも知らないわ、数字になんか興味がないもの。でもね、そいつは神殿に命令されるまま多くの人間を手にかけてきたのよ？」

「や、やめてください、骨瀞《ほねとろ》さん。今はそんな……」

「事実を言って何が悪いの？　昼ノ郷《ディトピア》からたくさんの人間を誘拐していたわよねえ？」

骨瀞《ほねとろ》の言葉に耳を貸すつもりはなかった。

しかし興味を惹《ひ》かれて耳を傾けてしまう。

「……どういうことだ？　誘拐って……？」

「昼ノ郷《デイトピア》から人間を攫《さら》ってきてモルモットにするのよ——自分たちだけだと思った？　でも残念、神殿は大昔から現在にいたるまで人間を供物《くもつ》として神に捧《ささ》げているの。その子はね、神官として昼ノ郷《デイトピア》で人間狩りをしていたのよ。連れ去られた人間はだいたい死ぬか廃人になるかのどっちかなのにねえ。ひどいったらありゃしないわ」

ちらりと背後を見やる。苦条《くじょう》は真っ青になって冷や汗を垂らしていた。骨瀞《ほねとろ》の言っていることは嘘偽《うそいつわ》りのない真実なのだ。

「そうよねえ、攫《さら》ってこなくちゃ自分がお仕置きされちゃうものねえ？　しょうがないわ、誰だって痛いのは嫌だもの。でもねえ——そんな罪深いことをしておいて、あんたは神殿から逃げようとするの？　血で汚れた身体《からだ》で〈夜霧〉に抱きしめてもらおうとしていたの？　反吐《へど》が出ちゃうわ、浅ましい」

「っ……」

骨瀞《ほねとろ》の詰《なじ》りは効果抜群だったようだ。

やつは戦闘能力だけではなく他者の心を壊すことも上手らしい。

苦条《くじょう》はその場にぺたんと膝をついた。

俺に縋《すが》りつきながら大粒の涙をぼろぼろとこぼす。

「ご……ごめんなさい。ごめんなさいごめんなさい……そうしないと……私が殺されちゃうんです。やるしかなかったんです……悪いことだとは分かっていました。だって赤の他人を自分と同じ場所に引きずり込むのですから……ごめんなさい。ごめんなさい……」

「あはははははははは！　よく分かっているじゃない！　あんたは卑怯《ひきょう》で意気地なしの出来損ない。一生神殿の奴隷として奉仕していればいいの。それしか道は残されていないんだから。分かったらさっさと〈夜霧〉を回収しなさい」

「ごめんなさい。ごめんなさい……」

苦条《くじょう》は何度も謝罪の言葉を口にしていた。

確かに少々衝撃的な情報だったが——そんなことはどうでもよかった。

今はそれよりも大事なことがあるのだから。

俺は苦条《くじょう》のほうを振り返って言った。

「泣くな。謝るな。お前は悪くない。悪いのは神殿のやつらだ」

「え……」

「強制されていたんだから仕方がないだろ。それでも後悔する気持ちがあるのなら、これからはきちんと反省して真っ当に生きればいい。俺はそのための協力を惜しまない」

「…………」

まるで神を見るような瞳で見上げられた。ナイトログらしい紅色の瞳。

さっきからずっと疑問に思っていたことがある——こいつは昼ノ郷《デイトピア》から誘拐されてきた普通の人間のはずなのだ。それなのに何故《なぜ》紅色の瞳をしているのか。夜煌錬成《やこうれんせい》を使えるのか。攫《さら》われた他の子供たちは犠牲になったはずなのに、何故苦条《なぜくじょう》ナナだけ生かされているのか。

しかしそういう種々の問いかけをする前に苦条《くじょう》が一歩前に出た。

その手に握られているのは泥刀《どろがたな》。

どこか決然とした眼差《まなざ》しで骨瀞《ほねとろ》を見つめている。

「ありがとうございます。兄さんは優しい。昔から変わっていない。だから……私は兄さんを助けるために骨瀞《ほねとろ》さんを足止めしようと思います」

「おい。どういうことだ……」

「昼ノ郷《デイトピア》に逃げてください。そして人のたくさんいる場所で過ごしてください。それなら骨瀞《ほねとろ》さんも手出しはできないでしょうから」

「やめろ！　戦うなら……せめて俺を使え！　そんな刀じゃ勝てないだろ⁉」

「無理です。接続礼式《せつぞくれいしき》をする隙はありません。それに……たとえ兄さんを使ったとしても、骨《ほね》瀞《とろ》さんを倒すことはできないんです」

苦条《くじょう》はふらふらと骨瀞《ほねとろ》に近づいていく。

耳をつんざくような哄笑《こうしょう》が反響した。

「――あははははははは！　その目は……ついに神殿に反旗を翻《ひるがえ》したということか！　いいわねえ、とってもいいわ！　反逆者は処分しなくっちゃねえ！」

「ほ、骨瀞《ほねとろ》さん……私ごときがあなたに勝てるとは思えません。それでも足止めさせていただきます……兄さんを逃がすために……」

「……何勘違いしているのかしら？」

一転、骨瀞《ほねとろ》は興覚めしたような視線で苦条《くじょう》を睨《にら》みつけた。

「足止め？　このあたしを？　あんたは自分の実力というものが分かっていないの？　そんな泥刀《どろがたな》じゃあ逆立ちしたってあたしには勝てないわ。いいえ、たとえ黒白刀《こくびゃくとう》を使ったとしてもあたしの行動を阻害することはできない。だいたいねえ、あんた――」

「それは……やってみなければ分かりませんっ」

苦条《くじょう》は泥刀《どろがたな》を構えて走り出した。

あれでは死にに行くようなものだ。

止めなければならない。

だがどれだけ「やめろ！」と叫んでも苦条《くじょう》が止まることはなかった。

そのまま掛け声とともに泥刀《どろがたな》を振り下ろして……――

（何だ……？）

そこで違和感に気づいた。骨瀞《ほねとろ》が夜煌刀《やこうとう》を構える素振りを一切見せていなかったのである。

瞬間移動の呪法《じゅほう》で簡単に避《よ》けられるからだろうか。

いや違う。そうじゃない。もっと邪悪な気配がする。

骨瀞《ほねとろ》はゆっくりと踵《きびす》を返《かえ》した。それだけだった。

「あがっ……」

苦条《くじょう》がつんのめるようにして転がった。からんからんと音を立てて泥刀《どろがたな》が飛んでいく。瓦礫《がれき》か何かに躓《つまず》いたのかと思ったが、苦条《くじょう》の様子がおかしいことに気づく。

顔は真っ青。目が満月のように見開かれている。

やがて「げほげほ」と咳《せき》をしたかと思ったら、口内から大量の血液があふれた。

「——あたしとあんたが正々堂々勝負をする？　馬鹿馬鹿しい、あんたとあたしが同じ土俵に立っているはずないでしょうが。あんたはね、いつでも処分できる道具にすぎないの」

「が……はっ……な、何を……したんですか……？」

「逆らえないように埋め込まれているのよ。ちょうどここ、心臓の辺りかしらねえ？　あたしがスイッチを入れると爆発する爆弾が」

「ど、どういうことだ⁉　爆弾ってそんな」

「そりゃそうよ。反抗されたり逃げられたりしたら面倒だからね、策を講じておくのは当然でしょ？」

何だそれは。意味が分からない。

俺も苦条《くじょう》も呆気《あっけ》に取《と》られて固まってしまった。

そして——その時はあっという間にやってきた。

骨瀞《ほねとろ》がパチンと指を鳴らす。

すさまじい轟音《ごうおん》とともに視界が真っ黒に染まった。うつ伏せに倒れていた苦条《くじょう》の身体《からだ》が粉々に弾《はじ》け飛び、その内側から大量の夜素《やそ》があふれたのである。

飛び散る血液。吹っ飛ぶ四肢。

苦条《くじょう》の泣き顔が一瞬にして宵闇の中へ消えていった。

あはははははははは——骨瀞《ほねとろ》の耳障《みみざわ》りな高笑いが反響している。

俺は時間が止まったように硬直することしかできない。

苦条《くじょう》は。苦条《くじょう》は……——

□

いかなる時の記憶を掘り起こしても苦痛が伴う。

ナイトログに攫《さら》われた時。牢獄《ろうごく》でひどい仕打ちを受けた時。神官の尖兵《せんぺい》として夜ノ郷《ナイトピア》と昼ノ郷《デイトピア》を奔走していた時。骨瀞《ほねとろ》さんや闇条《あんじょう》さんに暴力を振るわれた時。六花《ろっか》戦争《せんそう》で骸川《むくろがわ》ネクロに殺された時。

それが私に与えられた運命だとするならば――他人をこういう散々な目に遭わせることしか能がない神様ならば、はたして存在する価値などあるのだろうか。

（ないに決まってる。神様なんて滅んでしまえ……）

何が神殿だ。何が常夜神《とこよがみ》だ。私のことをこんなにも苦しめやがって。

ぼんやりと霞《かす》んでいく意識の中、私は心の中で精一杯の悪態を吐《つ》いた。

吐《つ》いたところで意味はなかった。

常夜神《とこよがみ》や神官たちは私の死など顧みもせずにこれからも悪事に励むのだろうから。

遠くで哄笑《こうしょう》が響いている。

たぶん骨瀞《ほねとろ》さんのものだ。

人の身体《からだ》に爆弾を仕掛けるなんてどうかしている。これじゃあ最初っから復讐《ふくしゅう》なんて無理だったんじゃないか。私の努力は無駄だったんじゃないか。

ふと見やれば、そこら中に私の身体《からだ》の残骸が転がっていた。

腕、脚、肉片。首につながっているのは上半身の一部のみだった。

私は兄さんを逃がすこともできずに死んでしまうらしい。

（ああ。駄目だ。もう）

無駄死に。自分はいったい何のために生きてきたというのか。幼い頃から楽しいことなど何一つもなかった。幾条もの苦しみの筋によって歪《ゆが》められてきた人生。

ノアさんが羨ましかった。

私も兄さんのような人と一緒にいられたら——

「——苦条《くじょう》。泣くな」

「！」

目玉をぎょろりと動かして声のしたほうを確認する。

兄さんがすぐそばにいた。胸から上しか残っていないような身体《からだ》の残骸を抱きかかえてくれている。

私は震える唇を辛《かろ》うじて動かした。

「ど……うして……逃げて……ください……」

「それはできない。お前を犠牲にして逃げるわけにはいかないんだ」

その言葉が聞けただけでも満足だった。

私のことを慮《おもんぱか》ってくれる人が地球上に一人でもいるならば、安心して死ぬことができる
——そう思って目を瞑《つむ》ろうとした瞬間のことだった。

「お前は死なせない。あの時の約束を果たしてやる」

「え……」

兄さんがゆっくりと顔を近づけてきた。

その瞳に映り込んでいるのは——ボロボロになって伏している無様な自分の顔。

すでに心臓も失われているはずなのに、胸が高鳴って仕方がなかった。

やがて兄さんは私の首筋にそっと口づけをする。

かと思ったら、傷口からあふれる血をぺろぺろと舌で舐《な》めとっていく。

(え？　え？　えぇ……？)

何が起きているのか微塵《みじん》も理解できなかった。

途方もない悦楽に身体《からだ》が熱くなり、意識がどこかへ飛びそうになる。傷口から滝のように血があふれた。しかし兄さんは構うことなく私の血を摂取している。

そうして気がついた。

身体《からだ》の部品が別の何かへと組み替えられていく。

この感覚は知っている。

私が今日まで生かされてきた理由だ。

ただの人間であったなら、常夜神《とこよがみ》の夜素《やそ》を注入された時点で他の子供たちと同じように息絶えていた。

だが何の因果か、私は常夜神《とこよがみ》からの祝福を受けてしまったのである――

「――させると思っているの？」

いつの間にか骨瀞《ほねとろ》がすぐそばで刀を振りかぶっていた。

あの宝剣〈左楼《さろう》〉の呪法《じゆほう》は、瞬間移動を可能にする【亜空絶影《あくうぜつえい》】。この人にとって間合いの概念はないのだ。

さらに高速で振るわれた〈右楼《うろう》〉が古刀逸夜《ことういつや》の首を狙う。

まずい。接続礼式《せつぞくれいしき》が終わりきらない。私を抜く前に首を斬り落とされてしまう――途轍《とてつ》もない絶望に押し潰されそうになった瞬間、

「燃えろ！」

辺り一面が真っ赤に染まった。

振り下ろされんとしていた〈右楼《うろう》〉は、そのまま方向転換して頭上から迫りくる炎を叩《たた》き斬る。

見上げれば、天井の穴からこちらを覗《のぞ》いているナイトログがいた。

炎を射出したのは――レイピアを構えた火焚《ひだき》さん。

その隣では、衣服がずたぼろになったノアさんも険しい瞳で骨瀞《ほねとろ》さんを見下ろしている。

「はあ？　あたしの邪魔をするっての？　木端《こっぱ》ナイトログのくせして……」

「邪魔どころか息の根を止めてやるわ！　和花《のどか》！」

今度はロングソードを構えた金髪少女が降ってくる。剣先にはすでに闇のエネルギーが渦を巻いていた。影坂《かげさか》さんとその夜煌刀《やこうとう》――桜庭和花《さくらばのどか》さん。

ロングソードがうなり、激流のごとき闇の束が発射された。

骨瀞《ほねとろ》さんが〈右楼《うろう》〉と〈左楼《さろう》〉をクロスさせてガードする。

夜素《やそ》が弾《はじ》けて漆黒のスモークが広がっていった。

視界を奪われた骨滯《ほねとろ》さんがいったん退いていく気配。影坂《かげさか》さんが追いすがらんと駆けていく気配。

そうしている間に私の身体《からだ》は完全なる夜素《やそ》へと変化した。

兄さんが私の胸に手を突っ込んでくる。

存在の芯をぎゅっと握りしめられる感覚。

（ああ。兄さん……――）

兄さんはそのまま容赦なく私を引き抜いた。

□

「ぎッ……――!?」

血の筋を棚引かせながら影坂《かげさか》が吹き飛ばされていった。

そのまま薄汚い床を二、三度バウンドして背後に転がっていく。

影坂《かげさか》はぴくぴくと痙攣《けいれん》していたが、立ち上がることができなかった。

夜煌刀《やこうとう》によって腹部を斬りつけられたのである。

どくどくと流れる血が彼女の周囲を潤していった。

《ミヤさん！　しっかりしてくださいミヤさん……！　ああもう駄目だ……死んじゃったかも……南無三《なむさん》……》

死んではいない。しかし早く病院に行かなければ大変なことになる。

だからこそ俺は骨瀞《ほねとろ》ペトラに勝たなければならないのだ。

「逸夜《いつや》くん！　その夜煌刀《やこうとう》は……！」

カルネと一緒に降り立ったノアが叫んだ。

影坂《かげさか》やカルネも目を丸くして俺の手に握られている剣を──苦条《くじょう》ナナが変化した姿を見つめていた。

それは緑青色《ろくしょういろ》をした古めかしい刃。

たとえば石室の奥深くで数千年も眠っていたかのような、反りのないまっすぐな上古刀《じょうことう》。

一見すればガラクタのようにも思えるが、発せられる妖気が尋常ではない。

おそらくステージは0。

だが黒白刀《こくびゃくとう》は初期の段階からすさまじい力を持っている。

《兄さん……どうして……》

「夜煌刀《やこうとう》に変換されれば傷は治る。それはお前も知っているはずだ」

《そ、そうですけど。私が夜煌刀《やこうとう》だって分かってたんですか……？》

「それしかないだろう？　どうしてお前だけが神殿の手先として生き延びることができたのか

──それはお前が俺と同じで夜煌刀《やこうとう》だったからだ」

そして夜煌刀《やこうとう》であるならば神殿もむざむざ破棄したりはしないはずだった。

弱みを握って縛りつけるのが得策である。

掌《てのひら》の中の苦条《くじょう》がかすかに震動したような気がした。

《……そうです。私は兄さんと同じで夜煌刀《やこうとう》、そして黒白刀《こくびゃくとう》になることができました。それ以来、神殿の手先として……ナイトログとして生活するように命令されたんです。瞳が赤いのはただのカラコンです……》

「そうだったのか。でもよかった。お前が夜煌刀《やこうとう》だから助けることができた」

《でも……でも……私を夜煌刀《やこうとう》として使うってことは……》

苦条《くじょう》が言いにくそうに何かを訴えかけようとした時、耳を聾《ろう》するような哄笑《こうしょう》がとどろいた。

骨瀞《ほねとろ》が肚《はら》を抱えて笑っているのだ。

ひとしきり俺たちを嘲笑した後、まるで憐《あわ》れむような視線を向けてくる。

「──せぇっかく止めようとしてあげたのに。夜煌錬成《やこうれんせい》しちゃったかあ」

「何を言っている……？」

「そんなことをしても死ぬだけなのに。やっぱり無知って罪ねえ」

ぽたり。ぽたぽた……──

詳しく問い質《ただ》そうとした時、足元に点々と血の跡《と》ができていることに気づく。

ハッとして俺は自分の身体《からだ》を検《あらた》めた。

いつの間にか目から血があふている。さらに手足がガクガクと震える。肌に禍々《まがまが》しい筋のようなものが浮かび上がっている。

まるで呪いにでもかかったかのような有様《ありさま》だ。

いったいこれはどういう理屈なのか。

《私の呪法《じゅほう》です……》

苦条《くじょう》が震える声でそう呟《つぶや》いた。

《私の呪法《じゅほう》は……所持者の命を対価に絶大な力を与える【苦難九条《くなんくじょう》】……し、神殿に、実験をされた際、私を握ったナイトログは……五分も経《た》たないうちに死んでしまいました。だから私はそれ以降、夜煌刀《やこうとう》として振るわれることはなかったんですけど……》

「がはっ……」

口から血があふれた。ノアとカルネが悲鳴をあげて近寄ってくる。

「い、逸夜《いつや》くん！　苦条《くじょう》さんを手放してください！　このままじゃ逸夜《いつや》くんが……」

「ノア様の言う通りですよ！　古刀《ことう》さんは休んでいてください！　あの骨瀞《ほねとろ》ナントカは私と水《み》葉《ずは》がナントカしますから！」

《……え？　僕たちが？　無理じゃね？》

俺はげほげほと咳《せ》き込んで膝をついてしまった。ノアが心配そうに背中をさすってくれる。

確かにひどい苦しみだった。内臓を素手でぐるぐるとかき回されるような痛み。

だが――夜煌刀《やこうとう》を手放すことは絶対にない。

俺はむしろ力強く苦条《くじょう》を握りしめて言った。

「……大丈夫だ。この程度は大したことじゃない」

《兄さん……やめてください。死んでしまいます。これはそういう呪法《じゅほう》なんですっ……》

「死ぬ前にあいつを何とかすればいいだけのことだ」

俺は苦条《くじょう》を杖替《つえ》わりにして立ち上がった。目どころではなく耳や鼻、身体《からだ》のあらゆるところから血が垂れてくるが、俺はすべての苦痛を押し殺して骨瀞《ほねとろ》を睨《にら》む。

司教の闇条《あんじょう》メドウなどは敵ではない。

あの女が元凶。

あいつさえ倒せば苦条《くじょう》ナナは苦しみから解放される。

仕留めるチャンスを逃すわけにはいかないのだ。

「……その目はなぁに？　まさか本当にあたしを倒せると思っているの？」

骨瀞《ほねとろ》が興覚めしたように睨《にら》んでくる。

「いるのよねえ、ちょっと力を手にしたからって粋がる命知らずが。黒白刀《こくびゃくとう》はステージ０でも絶大な力を持っているけれど、だからってあたしに勝てるわけないでしょ？　だってあたしは常夜神《とこよがみ》に認められた一級神官なんだから」

「それはやってみなければ分からない」

「分かるわよ。立ち向かってくるなら死ぬ。絶対に死ぬ。常夜神《とこよがみ》が『お前は勝ち続ける星のもとに生まれてきた』って囁《ささや》いているのよ。そうじゃなきゃあ、あたしがこれだけ強大な力を持っている説明がつかないでしょう？　悪いことは言わないわ、死にたくなければ土下座をして『ごめんなさいでした』って言いなさい。そうすれば半殺しで許してあ――」

ざくり。

骨瀞《ほねとろ》の身体《からだ》が斜めに斬り裂かれた。

血飛沫《ちしぶき》が視界を覆う。

骨瀞《ほねとろ》は咄嗟《とっさ》の判断で背後に飛びのいたようだが、わずかに遅れたため肉を斬りつけることに成功した。

「は……？　え？」

骨瀞《ほねとろ》の双眸《そうぼう》は驚愕《きょうがく》に染まっている。

己につけられた傷と正面に立っている俺を交互に見つめ、ぽかんと口を開けてしばし硬直する。

ノアもカルネも石木《いしき》も影坂《かげさか》も和花《のどか》も――その場にいた全員が呆《ほう》けたようにこちらを凝視している。

何てことはない。

話の途中で斬りかかってやっただけなのだ。

【苦難九条《くなんくじょう》】の苦痛はすさまじいが、その効果も折り紙付きだった。

五感が鋭敏になる。気分が高揚する。

この力があれば神であっても討ち滅ぼせそうな気がしてくる……――

《に、兄さん、だ、だだ、大丈夫ですか……》

「ああ」

黒い筋は身体《からだ》のいたるところに発生している。あふれる血の量も尋常ではない。

だが意識だけは異常にクリアだった。

相手の数手先の動きまでつまびらかになっていくような感覚。

そうだ。俺が次にするべき発言は決まっている。

「――『勝ち続ける星のもとに生まれてきた』？　それは勘違いだったんじゃないか？」

「な……」

ついに状況を理解した骨滞《ほねとろ》が呻《うめ》き声を漏らした。

困惑はすぐさま激怒に変換され、耳をつんざくような咆哮《ほうこう》が宵闇に響く。

「なに……しやがったんだ！　糞餓鬼《くそガキ》がぁあああぁ――……ッ!!」

□

【苦難九条《くなんくじょう》】は世にも珍しい代償を支払う必要のある呪法《じゅほう》だった。

そもそも呪法《じゅほう》が強力である理由は、接続礼式《せつぞくれいしき》という面倒な段階を踏む必要があるからだ。

しかし【苦難九条《くなんくじょう》】の場合は、接続礼式《せつぞくれいしき》に加えて『使用者の肉体を食い荒らす』という凶悪なデメリットも存在する。かつて苦条《くじょう》ナナを振るったナイトログは、一瞬にして命を奪われているのだ。

だからこそ、性能は強力無比。

具体的な能力は——『数手先の未来を予測すること』。

知っていたはずなのに油断した。

あんな覇気のない男に使いこなすのは不可能だと決めつけていた。

古刀逸夜《ことういつや》はその一瞬の隙を突いて踏み込んできたのだ——今この瞬間ならば攻撃を当てられるという未来の確信に突き動かされて。

「あ、はは、あはははははははは——……!! あたしにここまでの傷を負わせたのはあんたが初めてよ！　さすが黒白刀《こくびゃくとう》、ちょっと侮《あなど》っていたみたいねえ」

目の前には緑青色《ろくしょういろ》の夜煌刀《やこうとう》を構え、矢のような視線で突き刺してくる古刀逸夜《ことういつや》。

まさか一矢《いっし》報いられるとは思ってもいなかった。

認めよう。油断していたあたしが悪い。

だが、ここからは思い通りにさせるものか。

ちょっと強力な夜煌刀《やこうとう》を手に入れたくらいでは、常夜神《とこよがみ》に認められた一級神官と渡り合うことなど不可能なのである。

だが——あろうことか古刀逸夜《ことういつや》は、大真面目な顔でこんなことを言った。

「死にたくなければ苦条《くじょう》に謝れ。そうすれば許してやる」

明らかな挑発。こちらの激昂《げきこう》を誘っているらしい。

否《いな》、それ以外の有効な未来が見えたのか。

「はっ、謝る？　何を言っているのかしら？　そいつは神殿に忠誠を誓った七級神官よ？　どうしてあたしが配慮しなければならないの？」

「分からないのか？　苦条《くじょう》はお前のせいで苦しんだんだ。それどころか——お前は大勢の人間を地獄の底に突き落としてきた」

「なぁにをわけの分からんことを言っているの？　人間は常夜神《とこよがみ》が定められた資源。あんたも黒白刀《こくびゃくとう》なら——ナイトログのはしくれなら分かるでしょうが。家畜に情けをかけたって虚《むな》しくなるだけだってことを」

「そういう考えが気に食わない。だから俺はお前を倒す」

血管がブチ切れるかと思った。こいつは分不相応にも自分が死なないと思い込んでいる。目の前に立っている相手が誰だか分かっていないのだ。

そういう愚か者はごまんと見てきた。

容赦なく殺害してやるのがあたしの役目なのである。

「――やれるものならやってみやがれ！　お前みたいな勘違い野郎にあたしが殺せるわけないだろうが！」

〈右楼《うろう》〉を振ると同時に【亜空招魂《あくうしょうこん》】を発動する。

異空間に収納しておいた無数の棘《とげ》が音速で古刀逸夜《ことういつや》に殺到した。

しかしすでに古刀逸夜《ことういつや》はその場から忽然《こつぜん》を姿を消していた。

ターゲットを破壊できなかった棘《とげ》たちが地下室の壁に突き刺さって大爆発。

夜素《やそ》を含んだ突風が辺りに吹き荒れ、その辺でうずくまっていた夜凪《よなぎ》ノアたちが情けない悲鳴を轟《とどろ》かせる。

背後から殺気。

古刀逸夜《ことういつや》はすでに未来を予知して回り込んでいる。

であるならば――

「甘いわ。甘すぎる」

〈左楼《さろう》〉の【亜空絶影《あくうぜつえい》】を発動。

古刀逸夜《ことういつや》が立っていると思《おぼ》しき場所のさらに向こう側へと瞬間移動し——そのまま右手の〈右楼《うろう》〉を振りかぶった。

【苦難九条《くなんくじょう》】などあたしには通用しない。

こちらには物理法則を無視する二つの呪法《じゅほう》が備わっているのだ。

たとえ未来を見ることができても、身体《からだ》がついてこられないなら意味がない。

ところが、

「え」

〈右楼《うろう》〉は虚空《こくう》を斬っていた。

てっきりやつの心臓を真っ二つにしてやったかと思ったのに、手応えがまったくない。

おかしい。

座標はやつの背後に設定したはず。

どうして古刀逸夜《ことういつや》の姿がないのだろうか。

「あぎッ……」

背中に燃えるような痛みが広がっていった。

生存本能に突き動かされて咄嗟《とっさ》にその場から離脱する。

シスター服の背面が抉《えぐ》れている。

血が垂れている。刀で斬られたような鋭い痛みが感じられる。

血に濡《ぬ》れた刃を持った古刀逸夜《ことういつや》がこちらを睨《にら》んでいた。

何故《なぜ》。いったい。どうして――

《こ、これが、私の呪法《じゅほう》なんだと愚考します……》

苦条《くじょう》ナナが控えめに声を発した。

《神殿の人は詳しく調べられなかったんでしょう……すぐに私を使うことの禁止令が出ましたから。でも……こうしてちゃんと使ってくれる人のおかげで分かりました。【苦難九条《くなんくじょう》】は、たぶん、未来を変えられるだけの身体能力も付与してくれるのかなって……》

耳障《みみざわ》りすぎて耳を引き千切りたくなった。

その前にやつらを殺せばいいのだと思い直した。

あたしは〈右楼《うろう》〉と〈左楼《さろう》〉を構え直すと、叫び声をあげて突貫する。

振るった〈右楼《うろう》〉が苦条《くじょう》ナナによって防がれた。

右手だけでは支えきれず、あえなく〈左楼《さろう》〉も添えることになる。

「ふ……ふふ、何よこれ……？　どこにそんな馬鹿力を隠していたの……？」

「お前が虐《しいた》げてきた苦条《くじょう》の力だ。思い知れ」

「ふざけるっ……なあああっ……！」

気合とともに押し返そうとするが、根本的に力が及んでいなかった。

【苦難九条《くなんくじょう》】で強化された古刀逸夜《ことういつや》の身体能力は、こちらのそれを凌駕《りょうが》しているらしい。

それに加えて未来を読まれるようでは――否《いな》、心を折ってはならない。あたしは常夜神《とこよがみ》に認められた一級神官。この程度の試練は簡単に撥《は》ね退《の》けなければならない……！

【亜空招魂《あくうしょうこん》】で再び棘《とげ》を射出しながら

【亜空絶影《あくうぜつえい》】で退避する。

まずはやつの弱点を探さなければならない。

何かないのか。何か――

「あぐぁっ……」

再び激痛。

いつの間にか背後に出現していた古刀逸夜《ことういつや》が脇腹を抉《えぐ》ったのだ。

飛び散る鮮血の向こうに、すました瞳が見え隠れしている。

思考は木端微塵《こっぱみじん》になった。

「この……くそったれがあああああっ!!」

〈右楼《うろう》〉と〈左楼《さろう》〉をめちゃくちゃに振り回す。

しかし古刀逸夜《ことういつや》は苦条《くじょう》ナナ一振りですすべてをいなしていった。

斬りかかっても当たらない。防がれる。

距離を取ろうと思って【亜空絶影《あくうぜつえい》】を発動した瞬間、転移した先にはすでに刃が待ち構えている。

「反省しろ」

上古刀《じょうことう》が再び胸を抉《えぐ》った。

苦痛のあまり意識が弾《はじ》けそうになる。

【亜空絶影《あくうぜつえい》】の有効範囲は半径五十メートル。連続で使用すればこの場から離脱することができる。そうすればやつらを倒すための策を練る時間を得られる——

（馬鹿が！　馬鹿が馬鹿が馬鹿が！　逃げてたまるか！）

逃走はプライドが許さなかった。

しかし時間とともに身体《からだ》のあちこちが切り刻まれていく。

見物していたナイトログ——夜凪《よなぎ》ノアや影坂《かげさか》ミヤ、火焚《ひだき》カルネたちが歓声をあげた。やつらは古刀逸夜《ことういつや》の獅子《しし》奮迅を心の底から楽しんでいる。

許せない。許せない。絶対に殺さなければならない。

「死ね——古刀逸夜《ことういつや》ッ！」

力いっぱい〈左楼《さろう》〉を振るった。

苦条《くじょう》ナナと激突して金属音が奏《かな》でられる。

手が痺《しび》れ、〈左楼《さろう》〉が回転しながら吹っ飛んで行った。

駄目だ。これでは瞬間移動で回避することもできない。

古刀逸夜《ことういつや》が高速で苦条《くじょう》ナナを突き刺そうとしてくる。

〈右楼《うろう》〉で受け止めることはできない。間に合わない。このままでは心臓を貫かれてしまう。

いったいどうすれば——そんなふうに焦燥感が膨れ上がった時、

「がはっ…………⁉」

古刀逸夜《ことういつや》の身体《からだ》がぐらりと傾《かし》いだ。

口から大量の血があふれる。肌を覆う苦しみの筋も数を増している。

笑みがこぼれるのを抑えられなかった。結局、やつも【苦難九条《くなんくじょう》】を使いこなすことはできなかったのだ。

《兄さん⁉ しっかりしてください……！》

「だ、大丈夫、だ……俺はまだ……」

「もう終わりなんだよッ！ 死ねや古刀逸夜《ことういつや》あああああああッ‼」

〈右楼《うろう》〉を振るって胸を斬りつけてやった。

血飛沫《ちしぶき》、しかし手応えが浅い。未来を予測してわずかに身を引いたのだ。

だがそんなことは想定済みである。

あたしは即座に【亜空招魂《あくうしょうこん》】を発動して棘《とげ》を射出した。

「うがっ……このっ……」

古刀逸夜《ことういつや》は全身に刺さった棘《とげ》を抜こうとする。だがこんなものでは終わらない。

いざという時のための最終奥義《おうぎ》。

こんなやつに使わされたのは屈辱としか言えないけれど——

「――さあもういっちょだ！　うなれ東海道本線ッ！」

〈右楼《うろう》〉を振るって亜空間へのゲートを開く。

中から飛び出してきたのは、昼ノ郷《デイトピア》で回収した巨大な金属の塊――在来線の車両である。

E233系の3000番台。無数の線路を破壊したガラクタつき。

古刀逸夜《ことういつや》の目が見開かれた。

だが何もかも遅い。

電車はそのまま線路を走行するがごとく古刀逸夜《ことういつや》に驀進《ばくしん》し、その肉体をあっという間に押し潰してしまった。

壁に激突して世界が震動する。

見物していたナイトログたちが悲鳴をあげる。

天から続々と降ってくるのは、雨のような瓦礫《がれき》の数々だ。

砂煙に覆われた世界の中で、あたしは密《ひそ》かに口角を吊《つ》り上《あ》げる。

やはり、一級神官に敵《かな》う者はいないのだ。

□

《兄さん……目を覚ましてください……兄さんっ……》

私は震える声で呼びかけた。心は無限の悲しみに覆われている。

身体《からだ》は金属でできているため、涙を流すことはできなかったけれど。

電車に押し潰されるような恰好《かっこう》で兄さんは倒れていた。

肌には【苦難《くなん》九条《くじょう》】による苦しみの筋が刻まれている。

下半身は電車の下に隠れてしまい、血が滾々《こんこん》とあふれてくる。

もちろん上半身は傷だらけ。

骨瀞《ほねとろ》さんに刺された棘《とげ》が爆発したせいか、左腕はどこかへ吹き飛んでしまっていた。

《兄さん……》

返事はなかった。

もう死んでいるのかもしれない。全部私のせいだ。

私が「神託戦争《しんたくせんそう》に参加しませんか？」なんて誘わなければ、兄さんはドラゴン亭で平穏無事な生活を送ることができたのに。

やっぱり骨瀞《ほねとろ》さんに降伏しよう。

そうすれば兄さんを治療してくれるかもしれないから。

自分には闇がお似合いだ。

ちょっとでも希望を持ったのが間違いだったんだ——

「——大丈夫だ。俺は負けない」

《……!!》

砂のようにひび割れた声だった。

しかしその右手はしっかりとナナを握りしめている。

「大丈夫だから……泣くな」

《そ、そんなこと言われましても……兄さんは死んじゃいそうじゃないですか！　ああ、どうしたら……》

「心配ない。俺たちにはまだ手が残されている」

《え……？》

兄さんは安心させるように微笑《ほほえ》みを浮かべた。

いったい何の根拠があってそんなことを言えるのか微塵《みじん》も分からなかった。

でもこの人なら何とかしてくれるかも——そういう希望が心を満たしていった。

(そっか……そうだよね)

私はこの希望を胸に生きてきたのだ。

どうせなら、最後までこの人のことを信じてみようと思った。

その時、背後から誰かが近づいてくる気配。

夜煌刀《やこうとう》になって強化された視覚が捉えたのは……——

□

「……あーあ。いつもやり過ぎちゃうのよねえ、あたしったら」

我知らず溜息《ためいき》を漏らしてしまった。

時計塔の地下はもともと神殿が管理していた実験場だった。

今でも攫《さら》ってきた人間を幽閉しておくのに重宝していたが、これほど破壊の限りを尽くしてしまっては今後使い物にならないだろう。

辺りはひどい有様《ありさま》だった。

もともと闇条《あんじよう》メドウの砲撃でボロボロだったことに加え、あたしが出し惜しみせずに東海道本線を突撃させた（山手線《やまのてせん》と最後まで迷った）。

古刀逸夜《ことういつや》はバラバラの肉片となったはずである。

そうでなくとも【苦難九条《くなんくじよう》】の効果で満身創痍《まんしんそうい》なのだから、助かる道理はかけらもない。

（黒白刀《こくびやくとう》……あたしのモノにしたかったんだけどねえ）

黒白刀《こくびやくとう》に至ることができた夜煌刀《やこうとう》は数少ない。

研究のためにもサンプルは回収しておくべきだったが、あいつが生意気すぎるせいで殺してしまった。

いつもこうだ。気に食わないものはすべて殺処分してしまう。

そのせいで神官としての仕事が滞ってしまうこともしばしばあった。

「——まあ楽しいから仕方ないんだけどね♪」

いつまでもくよくよしないのがあたしの強みだ。

とりあえず神殿本部へ戻らなければならない。糞《くそ》生意気な夜煌刀《やこうとう》に斬られたせいで全身が痛むから。

そこでふと、周囲が異様に静まり返っていることに気づいた。

苦条《くじょう》ナナと古刀逸夜《ことういつや》が沈黙しているのは当然だが、夜凪《よなぎ》ノア、火焚《ひだき》カルネの気配がないのがおかしい。影坂《かげさか》ミヤは——人間形態に戻った夜煌刀《やこうとう》と一緒に部屋の隅っこで震えている。

「とりあえず殺しておこっか」

神殿が主催する神託戦争《しんたくせんそう》を荒らした罰だ。

見つけたはしから処分していく必要がある。

しかしその瞬間、

「アっ」

変な声が出て踏鞴《たたら》を踏んだ。

手から〈右楼《うろう》〉が滑り落ちて音を立てる。

不思議な気分で視線を下に向ける。

胸から血濡《ちぬ》れの刃が生えていた。

わずかな星明かりを受けて輝いているのは、初雪のような純白の刀身を誇る夜煌刀《やこうとう》。

美しい。これほどきれいな逸品は見たことがない。

いやそんなことはどうでもいい。

「──謝れ。そうすれば許してやってもいい」

恐る恐る振り返る。

そこに立っていたのは──純白の夜煌刀《やこうとう》をあたしの背中に突き刺している男。

電車に潰されてミンチになったはずなのに、その身体《からだ》には一切の傷がついていなかった。

それどころか、苦条《くじょう》ナナの呪法《じゅほう》による負傷さえもキレイサッパリなくなっているように見受けられる──

そうして恐るべき想像に辿《たど》り着《つ》いた。

まさか。そんなことがあるのだろうか。

「お、まえ、何をした……!?」

問いかける。

古刀逸夜《ことういつや》は静かに答えた。

「……この夜煌刀《やこうとう》はノアを夜煌錬成《やこうれんせい》したものだ。呪法《じゅほう》は何故《なぜ》か俺と同一の【不死輪廻《ふしりんね》】」

《骨瀞《ほねとろ》さん。あなたは逸夜《いつや》くんや苦条《くじょう》さんにひどいことをしました。だから──お仕置きをさ

せていただきます》

わけが分からない。そういう情報は仕入れていない。

夜凪《よなぎ》ノアは黒白刀《こくびやくとう》だったのか？　ナイトログじゃない？　紅色の瞳は苦条《くじよう》ナナと同じでカラコンだったとでも？　そういえば、夜凪《よなぎ》ノアの手の甲には夜煌紋《やこうもん》のようなモノが刻まれていた記憶が――

ずぶりと刃が抜かれた。

よろけるようにして二、三歩進み、辛《かろ》うじて踏ん張る。

すべての思考は痛みに流されていった。

そうして残ったのは純粋なる憤怒《ふんぬ》である。

あたしはこんなところで死んでいいナイトログじゃないのに。常夜神《とこよがみ》のためにこれからも人間や夜煌刀《やこうとう》を狩っていかなければならないのに。殺していかなければならないのに。どうしてこいつは。こいつらは。崇高なる神の徒の邪魔をするのだろうか。

「こ、の、格下のくせに――――――――ッ!!」

死に物狂いで身を捻《ひね》る。

拳を握って叩《たた》きつけようとして――あっという間に右腕は斬り落とされてしまった。

諦めるわけにはいかない。殺さなければならない。

そのまま憎悪《ぞうお》とともに蹴りを放ち――

「懲りないんだな」

古刀逸夜《ことういつや》が呆《あき》れたように眉をひそめた。

その手に握られた緑青色《ろくしょういろ》の夜煌刀《やこうとう》がきれいな剣筋《けんすじ》を描いた。

いつも苦条《くじょう》ナナにそうするように刀身を蹴りつけてやったが、もちろんいつものようにはいかなかった。

苦条《くじょう》ナナの刃が身体《からだ》に滑り込んでくる。

身体《からだ》のあらゆる部位を破壊しながら駆け抜けていく。

「あ……がああああっ……！」

《骨瀞《ほねとろ》さん……ごめんなさい。私はもう神殿には戻りません》

それは訣別《けつべつ》の言葉。

牢獄《ろうごく》から自由になった者の捨《す》て台詞《ぜりふ》。

それでも一矢《いっし》報いなければならない。

なんとかしなければ。負けるわけにはいかないから――

しかし上半身と下半身がくっついていないことに気づいた瞬間、全身から急速に力が抜けてその場に倒れ伏してしまった。

（ああ）

何かの間違いに決まっている。こんな虫けらどもに敗北を喫するなんて。

だが身体《からだ》が動かない。敵を真っ二つにしてやることができない。

「こ……の……虫けらが……」

「静かにしていろ」

今度は純白の夜煌刀《やこうとう》が振るわれた。

直後、世界は真っ黒の宵闇に包まれていった。

エピローグ

神託戦争《しんたくせんそう》は有耶無耶《うやむや》な状態で終息してしまった。

盗まれた夜煌刀《やこうとう》は軒並み逃走し、優勝者である夜凪《よなぎ》ノアと苦条《くじょう》ナナは〝神の敵〟に認定された。さらにはナイトログたちが好き放題に大暴れしたため、ヨルトナは神託戦争《しんたくせんそう》どころではなくなってしまったのである。

だが俺たちには関係のないことだ。

ノアと苦条《くじょう》を夜煌錬成《やこうれんせい》して骨瀞《ほねとろ》ペトラを倒した俺たちは、そのまま昼扉《ひるとびら》を潜《くぐ》って昼ノ郷《デイトピア》へ戻ってきた。

神官たちが追ってくるのではないかと危惧したが、神殿は神託戦争《しんたくせんそう》の後始末に追われているようだった。影坂堂《かげさかどう》からもたらされた情報によれば、東方常夜《とうほうとこよ》神殿《しんでん》を管轄する司教・闇条《あんじょう》メドウは、此度《こたび》の失敗の責任を取るために中央へ呼び出されたらしい。しばらくこちらに手を出す余裕はないとのことだった。

ちなみに回収した石木《いしき》と和花《のどか》は骨瀞《ほねとろ》に傷を負わせられていたようだったが、夜煌錬成《やこうれんせい》によって完全回復してしまった。また先日届いた手紙によれば、骸川《むくろがわ》と夜子《よるこ》はヨルトナの病院に入院することになったらしい。一命は取り留めたようなので一安心である。

これにて苦条《くじょう》ナナに端を発する騒動は幕を閉じた。

夜ノ郷《ナイトピア》にしばらく滞在して分かったが、やはりあそこは人間が住む場所ではない。

できることならもう関わりたくないのだが――

常夜神《とこよがみ》から祝福を受けるナイトログ、または黒白刀《こくびゃくとう》である限り、宵闇の呪縛から逃れることはできないのかもしれなかった。

(まあどうでもいいけど)

またナイトログが襲撃してくるならば、そのたびに撃退してやればいいだけのことだ。

今は余計なことは考えず、昼ノ郷《デイトピア》のぬくぬくとした日差しを堪能《たんのう》しておくべきである。

が、それはともかく。

ドラゴン亭は一つの問題を抱えることになった。客が来ないだとか、石木《いしき》が言うように「料理がまずい」だとか、そういうどうでもいい問題ではない。

夜ノ郷《ナイトピア》からやって来た少女――苦条《くじょう》ナナ。

彼女の処遇を巡って議論が紛糾しているのである。

□

「逸夜《いつや》くん。プリンを食べてください」

「もう散々食べたんだが……」

「まだたくさんあります。食べてくださいっ」

昼ノ郷《デイトピア》に帰還してから三日。

俺はチャイナ服を着たノアの〝プリン食え食え攻撃〟を受けていた。こいつはことあるごとにプリンを作ってはお裾分けしてくれるのだが、今日の積極性は異常である。いったい俺はいつまでプリンを食べ続ければいいのだろうか。

隣でカタカタとキーボードを叩《たた》いていた石木《いしき》が「はあ」と溜息《ためいき》を吐《つ》き、

「いちゃつくなら僕のいないところでやってくれない？　気が散るんだけど」

「いちゃついてません！　逸夜《いつや》くんが夜ノ郷《ナイトピア》で頑張ったので、ご褒美《ほうび》をあげてるんです。きちんと働いた者には相応の対価を支払って然《しか》るべきですから」

「も一ノア様、そんなこと言っちゃって〜。本当は寂しかったんですよね？　夜ノ郷《ナイトピア》じゃあ古《こ》刀《とう》さんを苦条《くじょう》ナナにとられちゃいましたからねえ。その反動でべたべたしちゃうのも無理からぬことですっ！」

「違います。カルネは黙っていてください」

ノアは顔を真っ赤にして怒っていた。

まあ確かに今回の騒動ではノアの刀として戦うことはあまりなかった。ノアと一緒に戦ったのは骨瀞《ほねとろ》に不意打ちをかました時くらいで、ほとんど苦条《くじょう》ナナに振り回されていたのだ。

そして――その苦条《くじょう》ナナは現在、ドラゴン亭の隅っこで黙々と読書をしていた。

前髪のせいでその瞳はうかがえない。

しかし何やら緊張した様子であることは明らかだった。

石木《いしき》が「ところで」と苦条《くじょう》のほうを振り向いて、

「苦条《くじょう》サンはさっきから何やってんの？　古刀《ことう》やノアに話があるんじゃなくて？」

「ひいっ……！」

ガタンと苦条《くじょう》が立ち上がった。そのまま小動物のような身のこなしで柱の背後に隠れてしまう。

「ご、ごご、ごめんなさい。私みたいな人間なんだかナイトログなんだかよく分からない生命体が皆様と一緒の空気を吸うなんておこがましいですよね……今すぐ去りますのでご心配なさらないでください」

「苦条《くじょう》さんっ！　人間だかナイトログだかよく分かんない存在なのは古刀《こと》さんも一緒なんですよ？　その発言は古刀《こと》さんに対する侮辱です！　古刀《こと》さんがブチギレています！」

「変なこと言うなカルネ。ブチギレてないから」

「わああっ！　えと、あの、そんなつもりじゃなくて……！」

苦条《くじょう》は真っ青になってきょろきょろしていた。

何故《なぜ》彼女がここにいるのかと言えば、ドラゴン亭以外に行くべき場所がなかったからだ。

東方常夜神殿《とうほうとこよしんでん》は壊滅状態に陥っている。

苦条《くじょう》はその枷《かせ》から解き放たれ、自由の身となった——はずなのだが、家もなければお金もなかった。

「ご、ごめんなさい……私は夜ノ郷《ナイトピア》に帰りますので……どうかお気になさらないでくださると助かります……」

「苦条峠《くじょうとうげ》ですか？　そういえば苦条《くじょう》さんは常夜《とこよ》八十一爵《はちじゅういっしゃく》の一員なんですよね？　六花《ろっか》戦争《せんそう》にも参加していたわけですし」

「いえ、苦条峠《くじょうとうげ》の当主は今、分家筋の闇条《あんじょう》メドウが務めています。だから私は闇条《あんじょう》の養子みたいな感じで苦条《くじょう》を名乗ることになったので……苦条峠《くじょうとうげ》に帰ることはできません。あそこの敷居《しきい》を跨《また》いだら囚《とら》われの身に逆戻りです。なので夜ノ郷《ナイトピア》のどこかで野垂れ死ぬといたします……」

「し、死なないでください！　せっかく生き残ることができたんですから！」

「そうですよ！　古刀《ことう》さんがとっても痛い思いをして助けたのに！　せめてノア様の召使いとかになったらどうですか⁉」

出て行こうとする苦条《くじょう》をノアとカルネが必死で止めていた。

しかし苦条《くじょう》は「ひぃひぃ」と情けない声をあげて抵抗している。

あいつの気持ちも分からないではない。俺たちを血腥《ちなまぐさ》い騒動に巻き込んでしまったので、罪悪感を抱いているのだ。

　だが、いつまでもうじうじしている必要はない。

　俺はゆっくりと苦条《くじょう》に近づいて、

「苦条《くじょう》。行く場所がないならドラゴン亭に泊まったらどうだ」

「「「!?」」」

　ノア、カルネ、石木《いしき》が驚いたような目で俺を見た。

「ちょ……古刀《ことう》？　こいつをドラゴン亭に住まわせる気？　色々マーダーなことやってきた危険なナイトログなのに？」

「水葉《みずは》、考えようによっては名案かもしれませんよ？　二階の部屋も余っていることですし、家賃を払わせればお店の懐《ふところ》の足しになるかと思われます」

「まあ、この店の経営は火の車だけど……こいつ金ないんじゃないの？」

「働かせればいいと思います！　メイドとして！」

「もうスタッフはいらないでしょ。人件費だけ爆上がりしてるって」

　ノアが「そもそも」と割って入る。

「ドラゴン亭は劉《りゅう》さんのものなんですよ？　私たちが勝手に決めていいことじゃないと思うのですが……」

「別にあたしは構わないが？」

厨房《ちゅうぼう》の奥から劉《りゅう》さんが現れた。レバニラ炒《いた》めが載った皿をドンとテーブルの上に——苦条《くじょう》の目の前に置く。苦条《くじょう》は「え?」と困惑気味の視線で劉《りゅう》さんを見上げた。

「朝から何も食べてないだろ? 何か入れないと倒れるぞ」

「わ、私は、でも、そんな……」

「行く場所がないならしばらくウチに泊まっていけ。家賃はいただくけどな」

それでも苦条《くじょう》は呆《ほう》けたように固まっていた。

こいつは今まで許されざる罪を犯してきたのかもしれない。というか実際に俺も殺されそうになった。だが——もう苦条《くじょう》にそういう危険な空気は感じられなかった。神殿から解放され、完全に心を入れ替えたのだ。

「私は……ここにいてもいいのでしょうか」

不安に揺れる青色の瞳。

カラコンはもうつける必要がなくなっていた。

「神官として悪事に手を染めてきましたし、兄さんたちにひどいことをしてしまいました……この料理を食べる資格なんて……」

俺は笑って答えてやった。

「もう反省してるんだろ。だったら何も問題ない」

「でも」

「じゃあ俺のモノになれ」

え。そういう声が四方八方から漏れた。

ちょっと横暴な物言いだったかもしれない。俺は咳払《せきばら》いをしてから訂正した。

「……夜ノ郷《ナイトピア》からの刺客が来た時に、お前の力を貸してくれ」

「そ、そんなことで、いいのですか……でも兄さん、私を使ったらボロボロになっちゃうんですよ……？」

「それは【不死輪廻《ふしりんね》】があればなんとかなる。もし今までやったことに対する罪悪感が拭えないなら、いざという時に協力してくれると嬉《うれ》しい。俺はそれだけで満足だ」

苦条《くじょう》の目が見開かれていった。

戦力が多いに越したことはないという打算もあったが、俺は純粋に苦条《くじょう》ナナという少女のことを知りたいと思った。同じ暗闇の中で泣いていた少女。「助ける」という約束もしてしまったことだし、放っておくことはできないのだ。

やがて苦条《くじょう》はぼろぼろと涙をこぼした。

パーカーの袖で拭いながら掠《かす》れた声を漏らす。

「はい。兄さん。私は兄さんのモノになりますっ……」

暗闇に怯《おび》えていた子供の面影は少しもない。

苦条《くじょう》ナナはこうして光の中へ一歩踏み出したのである。

わだかまりが完全に解消されたわけではないだろうが、その辺りは時間が解決してくれるだろう――

ところがノアが急に俺の腕をつかんで、

「い、逸夜《いつや》くん⁉『俺のモノ』ってどういうことですか……⁉」

「そうですよ古刀《ことう》さん！　堂々と二股ですか⁉　文字通りの二刀流ですか⁉　ほらノア様、もっとアピールしないと苦条《くじょう》さんに取られてしまうかもしれませんよ⁉」

「プリンを食べてください！　あーん」

「もういい！　食べた！」

「駄目ですっ。あーん！」

ノアは強硬にプリンを食べさせようとしてくる。劉《りゅう》さんが「わははは」と面白そうに笑っていた。石木《いしき》は無視してゲームにいそしんでいる。苦条《くじょう》はといえば、滂沱《ぼうだ》のごとく涙を流しながらレバニラ炒《いた》めを頬張っていた。うまいうまいと壊れたように連呼している。

……まあ、ひとまずドラゴン亭に馴染《なじ》めそうで何よりである。

俺はノアのプリンを強制的に味わいながら安堵《あんど》するのだった。

あとがき

お世話になっております、小林湖底《こばやしこてい》です。
『吸血令嬢は魔刀を手に取る2』をお手に取っていただき、ありがとうございます。
いかがだったでしょうか？
まだ読んでいない方はぜひ読んでみてください！
こちらは2巻ですので、1巻を読んでない方は1巻をまずどうぞ！

今回は異世界〝夜ノ郷《ナイトピア》〟を舞台に書いてみました。逸夜《いつや》やノアたちが夜煌刀《やこうとう》たちを取り戻すために奮闘します。1巻よりもさらにシンプルな勧善懲悪ですが、六花戦争《ろっかせんそう》と比べてファンタジックさが増したと思います。これが異世界効果でしょうか。

ちなみに作者のお気に入りキャラクターは影坂《かげさか》ミヤです。性格は過激な部分もありますが、貴族の令嬢として強くなろうとしているまっすぐさが好ましいです。やられてばかりな印象があるので、機会があれば活躍してほしいですね。

遅ればせながら謝辞です。

素敵なイラストで物語を彩《いろど》ってくださったazuタロウ様、新キャラクターの〝苦条《くじょう》ナナ〟のデザインがとても好きでした。今回も色々とご指摘くださった担当編集の佐藤《さとう》様、小野寺《おのでら》様、山口《やまぐち》様。その他、刊行に携わっていただいた多くの皆様。そして、この本をお手に取ってくださった読者の皆様。

すべての方々に厚く御礼申し上げます——ありがとうございました！

◉小林湖底著作リスト

「少女願うに、この世界は壊すべき　～桃源郷崩落～」（電撃文庫）
「少女願うに、この世界は壊すべき2　～輪廻転生の神髄～」（同）
「護衛のメソッド　―最大標的の少女と頂点の暗殺者―」（同）
「護衛のメソッド2　―最大標的の少女と頂点の暗殺者―」（同）
「吸血令嬢は魔刀を手に取る」（同）
「吸血令嬢は魔刀を手に取る2」（同）

本書に対するご意見、ご感想をお寄せください。

ファンレターあて先
〒102-8177　東京都千代田区富士見2-13-3
電撃文庫編集部
「小林湖底先生」係
「azuタロウ先生」係

読者アンケートにご協力ください!!

アンケートにご回答いただいた方の中から毎月抽選で10名様に「図書カードネットギフト1000円分」をプレゼント!!

二次元コードまたはURLよりアクセスし、
本書専用のパスワードを入力してご回答ください。

https://kdq.jp/dbn/　パスワード　vhcxy

●当選者の発表は賞品の発送をもって代えさせていただきます。
●アンケートプレゼントにご応募いただける期間は、対象商品の初版発行日より12ヶ月間です。
●アンケートプレゼントは、都合により予告なく中止または内容が変更されることがあります。
●サイトにアクセスする際や、登録・メール送信時にかかる通信費はお客様のご負担になります。
●一部対応していない機種があります。
●中学生以下の方は、保護者の方の了承を得てから回答してください。

本書は書き下ろしです。

この物語はフィクションです。実在の人物・団体等とは一切関係ありません。

電撃文庫

吸血令嬢《きゅうけつれいじょう》は魔刀《おれ》を手《て》に取《と》る2

小林湖底《こばやしこてい》

2024年7月10日　初版発行

発行者　山下直久
発行　株式会社KADOKAWA
〒102-8177　東京都千代田区富士見2-13-3
0570-002-301（ナビダイヤル）
装丁者　荻窪裕司（META＋MANIERA）
印刷　株式会社暁印刷
製本　株式会社暁印刷

●お問い合わせ
https://www.kadokawa.co.jp/（「お問い合わせ」へお進みください）
※内容によっては、お答えできない場合があります。
※サポートは日本国内のみとさせていただきます。
※ Japanese text only

※定価はカバーに表示してあります。

ISBN978-4-04-915852-6　C0193　Printed in Japan

電撃文庫　https://dengekibunko.jp/

電撃文庫DIGEST　7月の新刊

発売日2024年7月10日

恋は双子で割り切れない6
著／高村資本　イラスト／あるみっく

晴れて恋人同士となった二人。そして選ばれなかった一人。いつまでもぎくしゃくとしたままではいかないけれど、立ち直るにはちょっと時間がかかりそう。そんな関係に戸惑いつつ、夏休みが終わり文化祭が始まった。

レプリカだって、恋をする。4
著／榛名丼　イラスト／raemz

「ナオが決めて、いいんだよ。ナオとして生きていくか。それとも……私の中に戻ってくるか」決断の時は、もうまもなく。レプリカと、オリジナル。2人がひとつの答えに辿り着く、第4巻。

彼女を奪ったイケメン美少女がなぜか俺まで狙ってくる2
著／福田週人　イラスト／さなだケイスイ

「お試しで付き合う一か月で好きにさせる」勝負の期日はもうすぐそこ。軽薄な静乃だけど、なんで時々そんな真剣な顔するんだよ。それに元カノ・江奈ちゃんも最近距離が近いような？お前らいったい何考えてるんだ！

少女星間漂流記2
著／東崎惟子　イラスト／ソノフワン

可愛いうさぎやねこ、あざらしと戯れられる星、自分の望む見た目になれる星に、ほっかほかの温泉が湧く星……あれ、なんだか快適そう？　でもそう上手くはいかないのが銀河の厳しいところです。

吸血令嬢は魔刀《おれ》を手に取る2
著／小林湖底　イラスト／azuタロウ

ナイトログの一大勢力「神殿」の急襲を受け仲間を攫われた逸夜たち。救出のため、六花戦争の参加者だった苦条ナナの導きで夜ノ郷に乗り込むことに!?

教え子とキスをする。バレたら終わる。3
著／扇風気 周　イラスト／こむぴ

元カノが引き起こした銀を巡る騒動も収まり、卒業まではこの関係を秘密にすることを改めて誓いあった銀と灯佳。その矢先、教師と生徒が付き合っているという噂が学校中で囁かれ始めて――。

あんたで日常《せかい》を彩りたい2
著／駿馬 京　イラスト／みれあ

穂含祭での演目を成功させた夜風と棗。しかし、その関係性は以前と変わらずであった。そんな中、プロデューサーの小町は学年末に開催される初花祭に向けた準備を進めようとするが、棗に「やりたいこと」が無く――？

神々が支配する世界で〈上〉
新作

著／佐島 勤　イラスト／浪人
本文イラスト／谷 裕司

ある日、世界は神々によって支配された。彼らは人間に加護を与える代わりに、神々の力を宿した鎧『神鎧』を纏い、邪神と戦うことを求める。これは、神々が支配する世界の若者たちの物語である。

神々が支配する世界で〈下〉
新作

著／佐島 勤　イラスト／浪人
本文イラスト／谷 裕司

神々の加護を受けた世界を守る者。邪神の力を借りて神々の支配に抗う者。心を力とする鎧を身に纏い、心を刃とする武器を手にして、二人の若者は譲れない戦いに臨む。

こちら、終末停滞委員会。
新作

著／逢縁奇演　イラスト／荻pote

正体不明オブジェクト“終末”によって、世界は密かに滅んでる最中らしい。けど、中指立てて抗う、とびきり愉快な少年少女がいたんだ。アングラな経歴の俺だけど、ここなら楽しい学園生活が始まるんじゃないか？

異世界で魔族に襲われても保険金が下りるんですか!?
新作

著／グッドウッド　イラスト／kodamazon

元保険営業の社畜が神様から「魂の減価償却をしろ」と言われ異世界転移。えっ、でもこの世界の人、魔族に襲われても遺族にはなんの保障もないの!?　じゃあアクション好きJKといっしょに保険会社をはじめます！